稻草人見證

林奇梅 著

跳躍的兔子——自序

格林佛小鎮雖然只是倫敦的一個小小而並不起眼的鄉鎮，然而它給人的感覺是多麼地溫馨，在這一個區域裡就有兩所中學，和數所小學，小鎮從縱貫東西到橫貫南北，只有三條街道，這三條街道構成了一個雙十字型的交會，交會的幅地，就是有名的格林佛百老匯中心，百老匯中心就是現在的格林佛劇院，它是由圖書館、學校、教堂、警察局、衛生所和超級市場等環繞著。

格林佛小鎮有一片廣大無際的綠野，那是最為人們所嚮往可以踏青和散步的地方，綠野旁有一條涓涓的小溪圍繞著格林佛小鎮的四周圍，小溪的名字叫波恩河，波恩河位於豪士頓山的山腳下，河水清澈而蜿蜒崎嶇，它並不寬大，但長度可直通到倫敦城市裡著名的麗晶公園。波恩河河畔兩邊綠樹如蔭，垂柳與水草迎風吹拂，搖搖擺頭而輕輕細語，情意綿綿，依依可人。

初到格林佛小鎮時，感覺很陌生，它的綠地寬闊而一望無際，讓我留下美好深刻的印象，於是我搬到此地來住，竟然與小城相處了有漫長的的歲月，在這不算短的時間裡，它使我依戀而久未離開，我時常踏青圍繞在小城周邊的原野和登上了豪士頓小山丘，我陶醉地在翁鬱翠綠的森林園裡，我看見了很多種動物，例如松鼠和小兔子，牠們喚醒了我的記憶，似乎讓我回到了童年。森林裏有很多種不同的樹木，它們隨著四季，有了不同顏色的變化，每當我踏青在園林裡時，我的心靈有了自然的洗禮和滋潤，豐富了我的智能也擴展了我的胸襟。

淺黃墨綠如茵的草原，好像讓我看見位在台灣嘉南平原的稻米田，豪士頓山上有了棕樹和橡樹，我在這兒可以很清楚地看見了春夏秋冬四季的更替，春天繁花與鳥兒齊唱，引發我的寫作有了無比的共鳴。夏天綠油油的一大片，好像使我回到台灣的夏天，是的，台灣青山綠野，果樹濃密，縱貫公路上一排排的芒果樹，它們是寬闊而濃密，顆顆粒粒的芒果搖搖晃晃地掛在枝頭上，很是

自序

美麗，家鄉溪洲前院的一整排龍眼樹，和後院的楊桃和蓮霧，成長的果實就像是一個碗公似的結伴在一起，令人垂涎欲滴，炙熱的夏季每到了中午時分，蟬鳴的聲音綿遠，減弱了整個夏季的暑氣，豪士頓山上的樹一到了秋天，風瑟瑟，帶來了深情濃密的楓紅，使我想起了故鄉一畦一畦寬廣無際的稻麥田，以及禾黃秋割的景色，樹和我們人類一樣也有年輕少壯，也有年老枯黃，但是無論年輕或是年老，樹木在夏季會受到沒有雨的乾旱和過多水份的衝擊，冬天也會受到凜冽風雪的襲擊，它們就像人一樣需要接受考驗而使得自己更為茁壯。

居住在格林佛小鎮，生活雖然忙碌，每天朝九晚五的工作，隨著生活的體驗，感觸良多，週末假日，又因從事於中華文化傳播與華語語文的教學工作，使我有機會接觸不同層次與不同年齡的學生群。我身在國外，身邊所能涉取真正以華文教材來教導的資源實在是有限，然而，我不會因此而灰心。

我有一位漂亮而聰明的女學生名為愛莉絲，她的父母親都是美國人，她今年八歲，她很喜歡學習中文，她的學習精神可佳，自五歲時就與我學習華文，如今

已經有三年之久，三年來很少缺課，目前她除了懂得和我溝通外，會寫中文，還能寫簡短的作文，我對於她的學習感到非常的滿意，因為她是來自外國人的家庭，以三年的時間而以一星期只有一小時的學習情況下，就能讀、聽、說、寫。我真的為她高興也以她為榮。

很多家長會問我說：林老師你是用什麼教材來教書？我的回答是非常的簡單，那就是我參考很多不同種類的書，每一種類的書各有千秋，但是最為重要的莫過於是豐富的題材是來自自然的環境，大環境就在你的身旁，隨處可取，隨時可得，教學方式是因材而施教。我的教學無論是在方法以及材料上，向來都是以個別或是班級學生的學習程度以及學習能力，而有了不同的教學工具、方法和進度，而且單單是一小時的課程，也因為他們的學習態度，以及吸收的能力而採用不同的教學方式，學生在學習注意力不能集中時，就需要改變教學態度和材料，如何隨時應變教學的材料，那就是說故事給小孩子聽，例如：愛莉絲喜歡動物而富有憐憫心，我就以動物來作為故事的題材來源。

自序

我時常在課堂裡，為小朋友們說故事，故事題材的來源，和教學資料的取得，礙於身處在海外教書，中文書的來源有限，所以我時常借助於外文的書籍和圖畫，找尋小朋友們最為喜歡和關心的寵物，而使用中文來解釋和說故事。我有機會走在濃密的樹蔭下，身處在自然環境裡，沐浴在芬芳的花園而享受在濃密芬多精的園林，自然豐富我寫作的靈魂，在園林裡所看見和所聽見而獲取的資料，就是編輯材料的來源。

園林裡的野生動物，例如小松鼠和小兔子，以及停棲在樹上唱歌的小鳥，牠們對於我時常的造訪並不陌生，也不畏懼，牠們大大方方地在我面前跳躍，還會跳到我的腳跟前想與我做朋友，甚至於還想用牠們的吱吱的語言和我說話。尾巴蓬鬆的松鼠在棕樹及橡樹爬上爬下，牠們互相追趕，牠們手拿著黍栗細咬和吞嚥，牠們的動作是多麼敏捷和可人，小兔子跳躍到我跟前，長長的耳朵，龜裂的小小嘴，慢慢地咬著一根野菜，牠的可愛使得我很懷念小時後在家鄉後院的兔子，我的學生群裡愛莉絲、傑孫、和蘇菲雅三位來自不同國家家庭的小孩，他們都喜歡與動物作朋友，奇怪的事，他們的寵物都是一樣，就是「兔子」，於是，我從懷念和教育的角度，而使用小兔子之名來為學生們說故事，我慢慢地完成了稻草人的第二集名為《稻草人貝克》，並且我就以跳躍的兔子來作為我的序言。

但願我的愛心能分享給更多的小朋友和讀者，並且播種在很多人的心田裡，也藉著這一本書的出版，能夠傳播我的愛心和言語到更遠的地方。

林奇梅

二〇〇七年五月十三日　母親節

寫於倫敦格林佛小鎮

目次

自　序	3
第一輯　芭比農場的榮耀	11
第二輯　普達農場的湯姆	61
第三輯　肯特農場的達達	109
第四輯　蕾恩山莊的天使	157

稻草人貝克

第一輯

芭比農場的榮耀

榮耀的歡呼

英國約克郡裡的馬頓山隨著春暖花開的季節來臨，霜雪也已經融化了，春天總會帶來了微風和小雨，幽默河的河水淳淳聲聲地流著，屬於幽默河的幾條小溪，也因為霜雪的融化而使水源充裕，馬頓山腳下的達比鄉村，村民一如往昔地過著日出而作日入而息的規律生活，附近的芭比農場，農夫約翰的後院花園裡隨著春神的降臨，各種花卉也爭先恐後地盛開著，自從稻草人傑克成為一棵美麗而綠油油的蘋果樹後，花園裡更增添了無比的華麗而生氣蓬勃。

約翰在這暖洋洋的春天裡也開始忙碌了起來，農田裡的五穀和小麥等繁忙的播種工作，如果全部以手工的耕種方式也得費很多的時日，如今由於耕種的機械化，已經使用機器的耕耘代替了人工，然而，在這麼一大片寬廣的麥田裡，整個農場從翻土、播種、澆灌、拔草、施肥到收成，每一個農耕步驟仍然繁瑣，雖然從事農田做活的工作時間可以減少，然而也得花費精力和準備時間，如今稻草人傑克，已不長住在農場，所以約翰和一些鳥兒們在整個農場的忙碌時間裡，除了有幾位辛苦工作的農人陪伴和聽到幾部耕耘機的扎扎聲響外，整個農場總覺得好像失去了什麼？

甚至於一些鳥兒們，除了啄食食物和蟲兒外，也無所世事紛紛地飛來飛去，約翰和農夫們以及鳥兒，他們也都感覺到在這樣寬廣的農場裡工作，有時也會覺得非常地寂寞和孤單，為了能趕走不速之客的鳥兒，以及能成為當地的鳥兒們天天招手聊天的對象，所以在這廣大的農場裡，真的就有需要一位忠心職守的稻草人。隨著時代的潮流與科學的進步，稻草人除了需負擔起寬廣農田裡的麥穀及其他作物不被破壞和侵襲外，還要扮演作為農夫的角色，好的稻草人更是鳥兒以及住在野地裡其他動物們的朋友。

農夫約翰依照傳統方式做個稻草人，他選擇一棵已種多年，而在後院較為粗幹茂盛的梨樹，砍斷了其中的枝幹，並且稍加修剪成型，同時他也取材農場裡較為新鮮的麥草，修剪包紮稻草人的頭部以及身軀，至於稻草人身上的穿著與打扮，首先最為重要的是為了保護頭部，需戴較為寬邊的草帽外，他也注意到需配合時代性作刻意的裝飾，他選擇讓稻草人身穿顏色稍微華麗而顯得輕鬆的運動長杉、長統襪和運動鞋、脖子上繫一條瀟灑的領巾，如此打扮過後的稻草人，看起來別有一番情趣，說真的，也甚為迷人，頗受大家的欣賞和讚美。

約翰也為這位運動健將稻草人取了一個很好聽的名子，他的名子就是「摩登貝克」，於是稻草人摩登貝克也就高高興興地站在寬廣的農田裡，開始行使他的重要職務：防患農田裡的農作物免受侵害、代替主人做好農場裡的外交工作，這些工作除了與親切的鳥兒作伴和建立良好的關係外，還要幫助其他動物解決困難，並與他們建立良好深刻的友誼。

▲稻草人貝克身穿顏色華麗的運動長衫，腳穿著長統襪和運動鞋，脖子繫上一條瀟灑的領巾。

經濟的蓬勃發展，農業的耕耘與收割的工作使用了機械，其生產的產品也走向工業和商業化了，就因為普遍使用了機械，所以以一個地方的人口來說，所謂以作農稱職從事於農業生產的人士已經愈來愈少了，尤其對於年輕人來說，他們在時代的衝擊下，能夠學習的行業已經有很多種，農業的生產過程是稍微繁瑣與辛苦，所以他們寧可用自己的腦力去做最為現代的科技經營，例如從事經商、工業生產、電腦科技行業等等。

更由於時代的進步，傳統的農夫們也因此必須調適自己的作息和行業的商業化，他們除了從事於自己現有的農田耕種外，對於經濟的成長以及農業發展的工業化，也做了適當的調整和貢獻，將生產的穀類送到各個加工的工廠外，一般農夫也都有多餘的時間和精力去從事於副業的額外收入工作，這對於一個國家經濟的發展是一件可喜可賀的事情。

鄉村裡的村民總是如此地純樸刻苦而努力地工作，他們希望多賺一些錢，除了生活上能夠過得較為舒適外，也能夠捐獻給國家，籌設更多的學校和慈善機構等福利事業，例如舖橋造路、保護動物的生存和延續、成立守望相助會協助貧苦、增加農村建設、改善農民的生活、興建醫院診所和增加醫療設備等等。村民對於動物的保護可以說是無微不至。動物們也和人類一樣地有屬於自己的天地。

同樣地與我們生活在一起的各種動物，也隨著季節的更迭而忙碌了起來。約翰住家附近的動物們，他們也有屬於自己的一個村落名叫「達比鄉村的動物村」，我們就以這一個有名的動物村裡的故事來說說吧！

鳥兒們迎接春神，總是以最為美麗的歌聲來讚美，許多小鳥也長大而各自結婚另築新巢，嫩綠的葉子才剛剛吐出來了小芽頭兒，整個達比鄉村有紅白相間的花兒開放著，一望無際綠油油的草地，除了有牛、羊、馬群在那兒啃食著

青草，小山丘的斜坡上黃澄澄的水仙花，張開嘴兒笑哈哈，繁花似錦的達比鄉村充滿著欣欣向榮的景象。

住在地洞裡的野兔子愛特伍夫婦也到處在尋找去年藏在穀倉裡的白菜種子，他們一家四口最喜愛吃的食物除了紅蘿蔔以外就是整棵翠綠的白菜了。愛特伍先生有一大片的農場，就在約翰農場附近，愛特伍先生是稻草人摩登貝克的好朋友，記得摩登貝克曾有一次戴在頭上的草帽被風兒給吹走了，熱心的愛特伍先生也為他的這一頂瀟灑帽子到處地找尋，竟然就在愛特伍先生的草莓園裡給拾回來了，雖然野兔愛特伍先生長得壯，跑得快，跳起來也很高，但是當他跳躍時，仍然無法勾到摩登貝克的頭，而能將草帽好好地戴在稻草人的頭上，後來總算是松鼠格林先生幫上了忙，把這一頂摩登貝克的草帽戴在稻草人的頭上，並且戴得非常地端莊整齊，從此稻草人摩登貝克就與愛特伍先生和格林先生結為要好的朋友。

隨著春天的來到，偶而打雷下著雨，但是很明顯地天氣已經轉好也較為暖和，於是野兔愛特伍先生，早早就起床，他吃完了早餐，立即到倉庫裡找尋白菜及紅蘿蔔的種子，他將種子放在菜籃子上，背著一把鋤頭，挑起擔子走到自己的田園裡，開始種起白菜來了，他們最為愛吃的紅蘿蔔也種植了一大片，過了一個冬天，倉庫所儲存的雜糧就快要用完了，愛特伍先生記得去年，農田裡是豐收的，有些批發給經營超級市場的獾爺爺，有些贈送給他的鄰居威妮寡婦一家人，說起威妮也夠可憐的，自從野兔米琪過世後，威妮擔起了無比的重擔，照顧著四個幼小的小兔子，頗感吃力的生活。愛特伍先生只要有多餘的食物總是盡量地幫忙威妮一家人，他一直認為助人為快樂之本，只要自己能力所及，幫助別人也是一件好事情，何樂而不為呢？

如今愛特伍先生的兒子小野兔麥克是長高了許多，看見爸爸在田裡耕種，他也興致勃勃地拿起鋤頭跟隨著爸爸到田地裡，在田園裡除了向爸爸學習耕種

和幫一點兒忙以外，也可以在寬廣的綠野地跑跑跳跳，拿起大塊的土塊像丟石子一樣地把它拋向天空，讓它遠遠地飛到寬廣的空地裡，小野兔也認真幫起了忙，他正挖著一個一個的坑洞，跟在爸爸的背後把種子一粒一粒地種到洞裡，他的努力工作，看起來真的有那麼可值得稱許的事兒。

松鼠格林先生的一家人總是忙忙碌碌地到處爬上爬下，他們在去年的冬天已經儲藏了豐富的食物，然而那些食物都被藏在地窖裡，隨著新春春神的來到，天氣也暖和起來，格林先生必須一一地檢查種子是否有發芽而成為種苗？而今年可以栽種的栗子有多少？或是有些被埋在地裡的種子和樹葉一樣開始腐爛而可以作為肥料的又有多少？他每年總是在春天來臨前，好好的撥出時間來估算今年要栽種多少新栗子樹苗，所要增加購買的肥料又有多少？倘若遇到經濟不景氣時，肥料是否可以比去年減少？或者是為了增加生產，還要再增加多

少成本？倘若今年的生產量增加了，又能多賣多少呢？大家都說：「屬於鼠類的動物是最會打經濟算盤了。」

松鼠格林的兒子雷諾，雖然年紀小，卻是一位很聽話又懂事的孩子，學校放假時都不會忘記一定早些回家幫爸爸的忙，雷諾就讀於華頓學校，他很喜歡打球，也是學校華頓足球隊裡最為突出的足球隊員呢？華頓足球隊也曾代表學校獲得市長獎盃。

刺蝟彼得先生一家人喜愛在晚上忙碌，他們在晚上時眼睛特別的亮，而能把東西看得清清楚楚，他們正在花園裡整理雜草及垃圾，其實後院的花園，在寒冷的冬日來臨前，已經稍加整理過，然而一到冬天時，白雪覆蓋著到處都是乾枯的樹葉和草地，使人感覺有一點兒凌亂，向來勤快的彼得先生一家人，在漫長的冬夜裡，他們就計劃著要如何整理那亂哄哄的花園，如今春天已經來到，天氣稍微暖和，彼得他自己就開始忙碌了起來，彼得的兒子小刺蝟威廉，除了平常需要

在學校上課外，星期假日也都能幫工作忙碌的父母，後院花園經過幾個星期的整理，如今花園已經比以前乾淨得很多，溫馨的花園真正地煥然一新。彼得一家人是非常地好客，搬遷來達比鄉村的動物村的一周年紀念日子裡，家人總希望邀請幾位要好的朋友來相聚談天，小刺蝟威廉聽到爸爸說有朋友要來家裡吃飯，那是他最為開心的事兒，況且他可以與朋友一起玩球，因為打球是他的唯一嗜好。

芭比農場的動物村，整個市中心有設立醫院、郵局、銀行、食品店，電氣用品等，忙碌的商店林立；寒冷的冬天已過，暖和的天氣來到時，到動物村的市中心逛街的動物也不少，五顏六色的食品和一般家庭用品也應有盡有。剛過了一個長期的冬天，一些動物村裡的家庭主婦們也需要再添購一些日用品和食物，於是，市中心在星期假日裡人潮擁擠，動物們帶來了無比的熱鬧。

當你走到動物村的商店街裡逛街時，你可以看見有各種不同的商店，他們有賣麵包的食品店、有賣雜貨的雜貨店、有賣電器用品和修理電視機和收音

機的電器行，在這些店裡面，最受歡迎而賣著各色各樣產品的一家商店名叫福特超級市場，福特超級市場是由動物獾所經營，老闆獾的名子就叫做福特。福特先生在此地經營超市已經有很多年，年輕時，他長得魁武而帥氣，現在他已經是個中年人，高高胖胖而顯得有一點兒臃腫，與他年輕時相比，那可就差多了！獾也戴了一副近視而略有老花的眼鏡，雖然年紀大了，但是他的身體還是很硬朗，為人和靄可親，年輕時，他唯一的缺點就是脾氣大，有時看見周遭的環境不順眼時，他的脾氣偶發得不可收拾，有時也會用很粗魯的話來罵人，如今，年紀稍微大了，脾氣也稍微有了收斂，然而，賣起東西來是一板一眼的，不過，價錢還算是很公道，所以福特商場向來還是很受當地動物們的歡迎。

動物獾所經營的超級市場是靠近公園的廣場，就因為靠近公園，所以他的商店生意非常的好，一些動物家庭主婦，時常會帶著小動物們來到附近的公園散步，順便會到福特的超級市場商店採購，福特先生除了懂得經營商店的哲學

外，他有一項特別的技能，那是別的動物所不能及的，那麼你一定會問我是何種技能呢？

當你第一次進入這一家商店時，也許你會覺得商店的門口非常地窄小，而誤以為是一家小商店，但是只要你肯走進去的話，那麼你的眼睛會豁然地開朗而亮麗了起來，甚至於你會因此驚訝地喊一聲：「啊！哇塞！空間這麼又深又長的一家商店，裡面擺設的物品樣樣齊全，而且整齊亮麗，使人有煥然一新的感覺。」

大家都知道獾是一位有名的挖地鑽土專家，為了儲藏更多的食物和用品，動物獾可以在一天之內挖好很長又很深的地道，甚至於他還有更厲害的功夫，那就是：他所挖的地道可以直得像一條線而不斷，也可以像是條彎彎曲曲的河，所以他的倉庫儲量物品可以很多又很豐富，而且依照地道的形狀也非常的安全，這幾年來經濟雖然不景氣，但是福特獾的商店並沒有受到很大的影響，

最主要的原因不外是他的服務熱誠而耐心、產品品質佳、種類多，時常有新花樣的產品上櫃子，可以跟得上時代的潮流。

小野兔麥克因為春季班的學期快開學了，所以向爸爸請了半天下午的假而不去農場裡工作，他特地邀請了朋友小松鼠雷諾和小刺蝟威廉一起到公園內打球，當他們來到公園，看見公園裡到處充滿了笑聲，聽到的是嬉戲和歡笑，有玩鞦韆的小小動物貓咪兄弟，有溜滑梯的小老鼠家庭，球場裡已經有很多動物在那兒玩耍、追逐、打球和踢球，有些動物還騎著腳踏車在公園裡繞圈圈，這一天公園裡的動物特別的多，使得公園更顯得擁擠。

小野兔看見公園裡是如此擁擠的現象，於是他向小松鼠和小刺蝟說：「公園裡人潮這麼多，我們是否到別的地方去打球呢？」，松鼠雷諾和刺蝟威廉齊聲回答著說：「野兔麥克，我們要到哪兒去玩球呢？」麥克雖然頑皮，但是他是一隻聰明又很熱心的動物，他提議著說：「那麼，我們何不到超級市場前面

的廣場上打球呢？」，他們三人一致同意了，於是，他們拿了自己的球棒和手套，分別來到福特超級市場前的廣場而開始打球了。

福特超級市場的老闆動物獾，平常客人很多，他是非常地忙碌，無心顧及廣場前小動物們快樂和歡喜的喊叫聲，和來來往往、忙忙碌碌行走的人群，他只知道小野兔和小松鼠以及小刺蝟等三人又在廣場前玩球了，他真想到廣場上阻止，然而生意太好了，又碰到這幾位小朋友們雖頑皮，但不致於有故意破壞的行為，於是他也就視而不見，讓動物們盡興的玩耍了。

過了一個整整的冬天，刺蝟家後院垃圾都堆積如山，需要花幾週來整理，刺蝟爸爸彼得每天忙著將這一些垃圾，使用手拉台車，運送到就近的垃圾場裡，媽媽梅佳也幫忙了幾個時刻。由於天色已近於黃昏，該是要做晚飯的時刻，刺蝟爸爸雖然不挑食，但是他的記性不是很好，時常臨時想要吃什麼，才告訴太太，以至於刺蝟媽媽就得緊張地跑到超級市場張羅購買，這是刺蝟伯伯

的壞習慣，使得太太梅佳每天總是這樣地忙進忙出，然而結婚這麼多年，孩子都長大，刺蝟伯母也因此習以為常而不嘀咕了。

刺蝟媽媽匆匆忙忙地來到福特超級市場，動物獾刻要關門，他一看見刺蝟媽媽正忙著挑選食物，也揪回頭跟在刺蝟媽媽的背後嘀咕著說話：「親愛的梅佳，請你以後到我這兒來要採購食物時，請務必早點兒，還有，當你回家後，如果你有看見你的兒子，也得好好地告訴他，倘若他和朋友要在福特廣場上打球，就得很小心，而不要打破我商店屋子的玻璃，倘若將我的屋子玻璃打破時，我會將修理費帳單記在你的帳上的啊！」刺蝟媽媽慌忙地挑選，天色已經暗了下來，她哪裡有暇和獾聊天說話呢，她只知道快點兒購選食物，快點兒回家做飯，說真的，她一點兒都不知道獾正在跟她說什麼話？於是她一面忙著也一面回答著說：「好！好！好。」等結了帳，刺蝟媽媽就急急忙忙地趕路回家做晚飯了。

太陽快要下山了，彩霞餘暉照亮了天空是一片粉紅帶有紫藍色的天邊，真是美麗。野兔麥克、松鼠雷諾、刺蝟威廉等三隻小動物在廣場上玩得很是起勁，尤其是麥克，雖然還不像爸爸有了高高的個子，但是他的腿是特別地長，他一踢球就可以讓刺蝟需跑到很遠的地方去檢球，幸運得是，刺蝟總有松鼠雷諾幫忙，因為大家都知道雷諾是學校有名的的足球校隊球員。

傍晚了，鳥兒們都要回巢休息，一群一群的鴿子，在廣場上啄食餅屑，他們似乎填滿了肚子，就要回到溫暖的窩裡休息，野兔麥克使勁地擲出了一個球，同時大聲地喊著：「看呀！雷諾，請接這一隻好球。」忽然，一群鴿子被這一大聲響驚嚇，輕拍翅膀而飛了起來，松鼠雷諾驚訝地叫了一聲：「哎呀！」因此失手接球，以致於這一個力量頗大的球，「劈啪一聲！」，真正而準確地擊中了福特超級市場的側窗玻璃。

麥克、雷諾和威廉真不知如何是好，他們站在廣場上發呆而全身發抖著，並且也害怕得說不出話來，此時勇敢又聰明的野兔，心理想著：「既然，我已經做錯了事情，我總不能老是呆立在這兒，我是必須向獾伯伯道歉的。」於是，他向松鼠及刺蝟說：「走吧！我們必須提起勇氣向獾伯伯道歉，否則伯伯不但會生氣，還會稟告老師以及爸爸媽媽。」他們三位手牽手，壯個膽兒，一起前往商店，向福特老闆道歉。

福特老闆獾已經整理好一天的帳簿，低著頭拿起傘，提著公事包就要鎖門，準備回家休息，忽然聽到一聲巨響，仔細一看，是一隻球重重地打中超級市場的側門窗，而發出了玻璃破碎尖銳的聲音，球就準準地落在菜籃子上，獾看見這一情景，他心中是一團火，正要喊叫是哪一位幹的好事時，忽然見到大門口已經站立著被嚇壞了膽而身子發抖不停的三隻小動物，麥克、雷諾、威廉、三位用顫抖的聲音，異口同聲地向福特說：「福特伯伯，真對不起，是我

們的球把你的門窗給打破的，請你懲罰並且原諒我們吧！」聽到三位的道歉，福特的火氣已經稍微緩和，但是還是提高了嗓門回答著說：「喔！原來是你們三位幹的好事情，要不要我來告訴你們的爸爸媽媽和你們學校的老師？」這三位小動物趕緊搖著手指，哭喪著臉，雙腳就跪了下來說：「伯伯請原諒，請原諒我們的過失，並且不要告訴學校的老師吧！我們下次不敢了！」

福特先生，雖然脾氣大，然而一生沒有兒女，但是他有一顆善良的心樂善好施，又喜歡小孩，他一向非常熱心關愛地方公益事業，每年他都將福特商店所賺的錢提撥一部分來奉獻給學校和教堂，他熱心支持學校的經費，為了鼓勵學生就學和努力學習，他也發給學生們全勤和優秀成績的獎學金。此時他見到這三隻驚嚇的小動物們，如此地可憐地跪在地上求饒，頓時起了憐憫之心，認為打破窗玻璃並非是一件大事，他們是可以原諒的。

於是他彎起腰身將他們一一地扶起，並且改變了強硬的態度，而使用較為慈祥和關懷的聲音說著：「你們三位就不要難過了，你們知錯能改，真是可幸！可幸！以後要特別地小心喔！」受到寬恕的小朋友異口同聲地說：「謝謝福特伯伯的原諒，以後我們會很聽話，而且也會格外的小心，絕對不會讓你失望的。」

天色已晚，玻璃店的老闆也已經收工，商店也已經關門休息，福特與這三位小動物們臨時找來幾塊木板打了釘子而暫時塞住被打破的窗戶，於是獾和小動物們就各自回家了。

聰明而又精靈的小松鼠，是非常的疲倦，回到家後，旋即跑上樓，回到自己的房間，並且關上了門，他感到難過，愈想愈不應該，都怪自己不守規矩，況且又由於自己在接球時的不小心，使得超級市場的門窗被打破，當松鼠媽媽叫著小松鼠：「雷諾，快下來吃晚飯吧！」媽媽雖然準備好豐富的晚餐，可是

小松鼠雷諾，今晚是吃不下飯，他也不知道如何向爸爸和媽媽解釋今天在廣場上所發生的事兒。

觀察細微的松鼠媽媽，發覺小雷諾好像有心事，就到小松鼠的房間裡，當她看見小松鼠呆呆地坐在書桌前面不吭聲，看起來和往常有所不同，於是松鼠媽媽開口就問：「雷諾！有什麼事兒使你如此地不開心，請快點兒說出來，不要放在心上！倘若你發生了什麼事，也許媽媽可以幫忙解決？」於是小雷諾就將下午所發生的事情，老老實實地稟告了媽媽，並且請求媽媽原諒他所做的錯誤，小松鼠媽媽接著說：「事情既然已經發生了，你們已經向獾老闆道歉，而且他也原諒了你們，從此你們知道了錯誤而能改過自新，那就好了，不要難過，快點兒洗澡，早點休息睡覺吧！」

小松鼠向媽媽說聲謝謝，下定了決心要遵照媽媽的教導，以後做事的態度，需仔細地思量考慮，而不可粗心大意，同時必須格外地小心，由於傍晚所

發生的事情，使得自己心理難過萬分，所以晚上只吃少許粥飯就上床睡覺。

小松鼠雷諾雖然已經上了床，但是他仍舊耿耿於懷而整夜難眠，他躺在床上翻來覆去只是睡了幾個小時，就聽到雞啼的聲音，小松鼠旋即起床更衣並且披上了外衣，手上拿了一枝手電筒，輕輕的打開大門，就往福特超級市場方向出發了，此時，天剛破曉，四周靜悄悄地，偶而聽到幾隻狗吠的聲音。

當雷諾來到超級市場的門口，卻看見超級市場的大門有了異樣，大門好像被人敲破，臨時的窗戶也被拆下，雷諾在廣場附近撿了一塊大石頭墊著腳尖抬高著看，突然發現超級市場內的食物、食品和用品，都被搬走了，他覺得難過又震驚，難過自己所做的錯誤而使得福特超級市場的被偷，震驚的事是一向安靜而治安良好的達比動物村，卻發生了小偷偷竊的事情，安詳的鄉村怎麼會發生這一種事情來，倘若果真如此，那麼和平安靜的達比鄉村，以後就會不得安寧了。

於是雷諾匆匆忙忙而氣喘喘地跑到老闆福特的家，福特還在睡夢中，況且昨天的事情使他睡得不是很好，半夜裡，在床上翻來覆去，好不容易睡著了，卻被門鈴給搖醒，所以勉強地從床上爬起來，拿起床邊的睡袍一面穿一面走到客廳的大門，同時回應著說道：「是誰呀！這麼早就到這兒來敲門，把我給吵醒。」站在門外的小松鼠雷諾又緊張又急忙地回答：「福特伯伯，是我小松鼠雷諾，請你快開門吧，有緊急的事情，因為你的超級市場的門被敲壞而東西被偷得全空了。」

向來非常安全的超級市場，從來沒發生過東西被偷的事情，所以福特不敢相信雷諾在超市所看見而已經發生的意外事，於是回答著說：「小雷諾，昨晚你大概沒睡好覺，就別來吵醒我了，我得回床再睡一會兒吧！」雷諾急著說：「伯伯快開門吧！這是真的事兒。」於是福特開了門，而小雷諾將剛才到超級市場所見的情形一五一十地告訴獾伯伯，這一下福特可真的非相信不可了，於

是草草更換了衣服，急急忙忙地跟隨小雷諾來到了超級市場，福特到了超級市場忽然發現，所有的東西都被偷了一空，他幾乎不敢相信自己的眼睛，於是再進屋內幾間儲藏室仔細地找尋，此時獾可真要發脾氣了，但是他向誰生氣呢？光是生氣卻幫不了忙，只會徒增心臟的衰弱，那有何用處？處理事情並非是如此生氣就了得的。

此時天色也亮了，野兔麥克和刺蝟威廉也都趕來幫忙尋找，他們都希望能從各種跡象來發覺壞人的所在，年紀較小而稍弱的刺蝟很是精靈，他沿著往福特花園的方向，依著盡可能看見的足跡來追索找尋，當他走到超級市場靠近後花園的一面窗時，忽然發覺此窗戶已經被打開，而窗台下面到後花園的草地上都留有小偷的足跡，地上並且也留有幾塊三明治的火腿屑片和巧克力夾心餅乾的紙屑以及泰菲糖果的包裝金紙，從這些跡象大略可以推測，小偷是在從後窗戶逃走的。

▲兔伯伯，松鼠伯伯和刺蝟叔叔等三隻動物開會討論如何幫助福特老闆找回被偷的店貨。

麥克、雷諾、威廉他們一致同意，倘若沿著這些腳印的足跡，就可以看見壞人扛著這一些食品而潛逃的方向，三隻受到驚嚇又感覺慚愧的小動物，真正地了解，由於他們自己的疏忽，才會造成超級市場的損失，現在他們知道他們應有的責任和義務，是來採取某種特別的行動，那就是對於超級市場被偷的追索工作，於是他們下定決心開始沿著小偷的腳印，和有可能留露的足跡而循序地找起，由較為大塊頭的野兔麥克在前面引路，一路上他們尋尋覓覓，他們進入了古木參天而濃密的森林，越過原野草地，而往另一個動物村前進，仔細的找尋，時間過得真快，他們走了大約有幾個小時的光景，跟隨在最後面的刺蝟，突然大聲地喊了一聲「唉呀！」眾人回頭看看究竟發生了什麼事兒，麥克說：「小刺蝟，發生什麼事了？」向來弱小又天真的刺蝟，累得兩隻腳躺在地上休息而大聲地說：「天色已經晚了，我的肚子餓了，我很累而走不動，我也很想家，我很想爸爸媽媽，明天，我們是否可以從這兒再開始尋找起呢？」

麥克與雷諾齊聲地說：「小刺蝟，請你不要開玩笑，倘若今天沒有找而就此回家，那麼明天我們又要從頭開始尋找起，這樣太浪費時間了，我們必須繼續再追尋，就是天色很晚了我們還是必須如此做，況且東西丟了，我們必須負起責任。」於是小刺蝟默默地點頭，而不敢再抱怨，於是他也鼓起勇氣跟著大家一起往前進。

他們依循著足跡繼續地往前追索，走過深深的山谷，聽見淺淺的小溪輕輕地唱著歌兒，爬過幾個小山，走過了鄉村郊外，澄清的天空是星兒閃爍月兒圓圓在天上，明月照亮了地面是如此地清晰，看見樹兒的枝幹隨著微風搖搖晃晃，影子斜射在地面，四面靜寂，微微地聽到樹發出悉窣悉窣的搖曳聲音，小刺蝟頓然覺得非常地害怕，全身發抖拉著麥克的手說：「麥克，我很害怕。」勇敢的麥克安慰著他說：「請不要害怕，有我和雷諾在你的身旁，我們會保護著你，我們走在這深谷裡，不久就要上另一座較為高聳的山，而且還會再到另

一座較為低矮的山，我們需要跋涉，需要鼓起勇氣和充滿著信心，你看！月色是如此地美，一路上欣賞著這皎潔的明月，踏在這軟泥上不是很好嗎？」野兔是如此開朗地照顧著小刺蝟和小松鼠。

當他們來到另一座山腰時，看見一條小溪，聽到淳淳的水聲，松鼠雷諾指著綠野上，站著一位眼睜睜盯著四周圍而手兒不停地搖擺的稻草人，這位稻草人好像在向他們招手，於是雷諾就說：「也許稻草人知道壞人的去處，走吧，讓我們去問問他吧！」

於是大伙兒又往山腳下的農田走去，由麥克走在前帶領，而雷諾牽著小威廉就在後面跟著，他們來到稻草人的身旁，見到了這位稻草人的打扮與摩登貝克是截然地不相同，這位紳士稻草人的名字是格蘭，他身穿花格上衣和蘇格蘭裙，外面罩著一件風衣，頭戴高頂帽，脖子上圍著一條蘇格蘭花格圍巾，笑容可鞠，麥克看見稻草人格蘭時，很有禮貌的向前打個招呼，麥克說：「親愛的

稻草人，我們是達比動物村的動物，是你的同伴稻草人摩登貝克的好朋友，我和雷諾、威廉正在找偷竊的壞人，你是否有看見他們？倘若有時，就請給我們指引吧！謝謝。」

說真的，早在這三位小動物們還未來到紳士稻草人格蘭的身旁時，格蘭就已經在遠遠的地方，看見這一群來自他鄉的小動物們，是如此地疲憊而慌慌張張地尋找，從這三隻小動物的臉上可以大略知道他們必定有急事，他心裡想著：倘若這一群幼小的小朋友們，有需要我幫忙時，我得盡量地為他們服務，於是他也微笑地與這一群小動物們打招呼：「是的，小動物們，幾天來，這一帶的鄉村村民，連續發生被偷竊的事情，晚上的時候，我看見鄉村的野地到處都有很多不是本地動物的影子出現，他們每天都慌慌張張地跑步逃竄，而且都往東南的方向躲藏。」紳士稻草人又加以叮嚀地說：「倘若你們要繼續往前面追尋，你們得小心啊！他們似乎都帶有武器的。」

麥克、雷諾和威廉於是一起向紳士稻草人說聲：「謝謝，有了你給我們的指引，我們大略可以知道依此方向去尋找了。」旋即又很有禮貌地說：「謝謝，紳士稻草人，再見了。」此時這三隻小動物是非常地有信心，想到壞人就要被他們給十足地發現了，於是他們根據紳士稻草人的指引，越過一塊南瓜田地，向東南的方向前進，沿著溪流進入另一個小山丘，轉到另一個較高的台地又較為濃密的森林處爬行，他們看見一群閃爍的星光點綴著河流發亮無比，真是美麗，當他們走近一看，才知道那是一群螢火蟲兒所發出來的亮光，聰明的麥克向他們打了個招呼，並且也向他們探聽有否看見可疑的動物在附近出入，這些可愛的蟲兒整個晚上都在與星兒談情，並沒有注意周遭所發生的事兒，於是他們異口同聲地說著：「親愛的兔兒哥哥，對不起，我們並沒有特別去注意此地的異樣，我們是農夫們的朋友，我們是農場裡的益蟲，我們要為農夫們除蟲害，我們每天為農作物的成長而忙於做工呢！」這一群螢火蟲接著又說：「不過，這幾

天，野地附近確實有少許的不同，有不同的動物在此翻滾遊玩，到了晚上時，就有異樣的呼叫喧囂聲，我們感覺到野地裡有異樣，有兇猛的咆哮聲了，但是請你們諒解，由於野地的空曠，我們沒有注意到怪異的聲音是來自何方。」此時這三位小小的朋友，可以從螢火蟲們所說的異樣，猜測到壞人也會出現在這空闊的野地裡，於是他們再次說聲：「謝謝。」就珊珊地走而尋尋覓覓的再去尋找了。

雖然野地的天空非常地明朗，風兒徐徐地吹著，天上有美麗的星星帶著微笑，與小河輕輕地唱，溫柔的月光照亮了地面清晰可行，微風吹著樹影兒晃晃，偶而聽到奇怪的哭喊聲，三位小朋友們有了信心和勇氣，可是膽量很小的威廉，還是害怕的幾乎要哭了起來，領隊麥克，安慰了小威廉後，他們繼續前進，但是步伐是越走越慢了，他們幾乎失去了信心。

大約走過了半小時的光景，就在失望的時刻，忽然聽到從森林內傳來嬉笑聲，這三隻筋疲力盡而幾乎要睡著的小動物，被這一突然來自他方的嬉笑聲而

驚醒，於是三人頓時停了腳步下來，他們敏感而且興奮的幾乎要叫了出來，三人開始依聲音的來源，繼續到處找尋搜索，小野兔爬上高高的小山丘，探視山谷裡傳來的嘶吼聲。聰明的小松鼠雷諾，此時總算有機會伸展才能的時候，他一身輕功夫，小心地跳躍而立即爬到較高的一棵大樹上面仔細聽著，到底這些怪聲音是從哪一個方向傳來的，他聽到的聲音好像是遠從河的低漥處，有一樹蔭密集的地方傳來，除了動物的嘻笑聲外，似乎帶有音樂伴奏的歌聲，而且聲音非常地大又非常地吵雜，他以敏捷的身軀輕輕地跳躍到另外幾棵樹上再作仔細的觀察，小松鼠果然發現就在山谷的低漥密集的森林陰暗處，堆積有很多電器用品、穀物和米麥等貨物，福特大老闆的手推板車更堆滿了各種食品及日常用品，小松鼠又看見有六隻黃鼠狼聚集在樹蔭隱密處正在慶祝著大豐收，他們打開了音響，每一隻黃鼠狼都一面隨著音樂跳著舞，一面張開銳利的牙齒啃食著大塊的雞肉，而且各個手掌上都抓著一瓶酒猛烈地喝著，樣子看起來真是可怕極了。

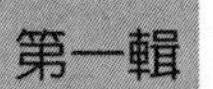

▲小野兔麥克爬上了高高的小山丘，探視山谷裡傳來的嘶吼聲。

小松鼠雷諾匆匆忙忙地跑回來，把剛才所看見之情況仔細地告訴了麥克及威廉，他們三人都一致認為倘若再隔一些時日，這些貨物及食品將會被賣到別的地方，所以時間上絕不能有所猶豫或遲疑甚而拖延，當然他們也想到縱使他們都非常地勇敢，然而以他們三人單薄的力量要來對付這些兇猛的黃鼠狼並非容易的事情，他們也認為用動武的方式與這些作惡多端而狡猾的黃鼠狼相戰，也絕對不能成功，相反的會被侵襲而傷害甚至於死亡，於是他們三人使勁地動著腦筋思考，他們必須想一個好辦法，以智慧取勝的妙計來追討這些被侵占的貨物才是可行之計。

他們三位在皎潔的月光下，穿梭地踱來踱去，百思不解其計，真不知如何是好？此時領隊麥克忽然興奮地叫了起來：「啊！有了，我想到一計了。」於是麥克的手兒掩著嘴巴，將嘴兒靠近威廉和雷諾的耳朵吱吱喳喳小聲地說著幾聲後，他們都異口同聲高興地說著：「是！是！是！。」於是他們依自己所

應該擔負的角色和責任開始分頭去找尋，雷諾說：「我知道當我們越過南瓜田園時，看見有一個萬聖節時遺留下來的大大空空的南瓜殼。」於是由他負責取回這一個已經被雕刻好的大南瓜殼，麥克負責向紳士稻草人借用他的黑色高頂帽，由威廉向螢火蟲們說服借用他們的光，並且請他們特地幫忙和合作，於是三人分路進行，抓緊時間而合作無間。

大約經過一小時的光景，聰明的小松鼠雷諾，非常地精明能幹，他從南瓜田園裡拿回來了一個挖有兩顆大眼睛一個大嘴巴的空南瓜殼，並且也帶回來了一些可作為繩索的南瓜藤。跑得很快又具領導能力的小野兔發揮了他的長腿功夫，飛也似的借回來了紳士稻草人的黑色高頂帽和他的一枝長條的木棍子。小而又膽子小的刺蝟威廉，真像一隻小小精靈，發揮了說服能力，邀請了刻在忙碌做工的螢火蟲隊伍來參加了捉賊的行列，如今一切準備的工具和人員都已齊全，於是開始進行工作了。

首先，他們使用路旁的芭蕉樹葉將南瓜裡面的髒東西清除，尤其兩顆眼睛周圍、鼻孔處、以及大嘴巴四周圍均一一地用河水擦洗乾淨，將紳士稻草人的木棍依著南瓜已經有的洞口插了進去，紳士稻草人的高帽子就給戴在南瓜的頭上面，這是一頂非常特別的帽子，頭頂上的頭蓋是可以掀開的，於是這一群螢火蟲們就一一地爬進去南瓜內兒躲著，而將光給照亮了樹蔭。

這一群又高興，又吃喝玩得瘋狂的黃鼠狼，經過了整夜瘋狂，他們都已經筋疲力竭而躺在地上睡著了，然而，麥克、雷諾和威廉他們都必須確定這一群偷賊狼們都已經沉睡得東倒西歪，而夢見周公去了，於是他們將由螢火蟲點亮的南瓜臉頭戴高頂帽的木棍稻草人，使用金瓜藤綁在黃鼠狼們正在吃喝玩樂旁的大樹幹上，並且他們三位也遠離巢穴處，而就在深谷的另一端，以怪異的呼叫聲和吵雜的瘋狂聲一搭一唱地答腔，其聲也悽悽怪如鬼狐，其呼叫也若狂得使人驚嚇無比。

▲偷竊賊黃鼠狼，就在野地的山谷裡盡情歡樂和嘶吼。

這些喝得醉醺醺而沉睡的黃鼠狼們，於三更半夜時，忽然聽到一陣一陣使人驚心動魄的嚇魂聲，同時又看見在樹上有怪物發出奇怪的吼叫聲，忽明忽暗又忽閃忽爍的光影反射在地面上，真像是有怪物鬼魂的倒影搖晃，這一群黃鼠狼真正地被驚嚇得失魂落魄得失膽，於是紛紛地到處逃竄了。

一路來，這三隻動物朋友們，確實遇到非常艱難也是非常地辛苦，他們有足夠的耐心和智慧，通力合作無間，是重要的關鍵，所以一切都能依計劃進行得順利又成功。麥克、雷諾、威廉動物立刻趨前將棍子也鬆綁了下來，可愛又盡心盡力幫忙的螢火蟲們，也一一地飛了出來，麥克、雷克與威廉也齊聲地向這一群朋友們說了一聲：「謝謝，謝謝小哥們的幫忙。」小哥們都答了一聲說：「請你們不要客氣，還有我們可以幫忙的事兒嗎？」此時麥克突然地想到，螢火蟲的飛行速度比自己跑的還要快，何不再請他們飛到達比動物村的福

特商店，告訴福特商店的老闆，稟告他，有關店貨已經被找到的好消息，請他們放心，並且向爸爸媽媽報平安，他們三位很快地就會回家的。

這一群天真無邪的而身上發出亮光的小螢火蟲們，非常地熱心與願意幫忙，他們答應了麥克的請求，並且以最快的飛行速度飛往達比鄉村的動物村，將麥克所說的話一五一十地轉達福特老闆，福特老闆獾很有禮貌地說：「謝謝，小英雄們以最為快的飛行速度，遠飛到這兒來，傳遞如此令人興奮，又讓我們很放心的消息，那就是，我們的三位孩子正安全地在回家的路上，真的謝謝他們的幫忙與協助和辛苦。」福特代表大家向這一群熱心的遠方螢火蟲朋友們，贈與豐富的食物作為答謝之禮，而且獾還是一直頻頻的點頭，再說聲：「謝謝，謝謝你們的幫忙和傳訊，我代表全體村民，非常歡迎你們這一群小英雄們，希望你們有時間時能再來達比鄉村的動物村拜訪，和來福特超級市場參觀遊玩。」

福特從螢火蟲們的口信裡知道了麥克、雷諾、威廉將回來的消息，已丟掉的貨物及食品和用品都已經找回，而且就在運送的路途上，他非常地高興和興奮，於是他立即通知野兔、松鼠以及刺蝟的家屬，告知三位小動物已經平安地在回家的半路上了。

為了讓達比鄉村的動物村的動物朋友們都知道這個好消息，也為了讓所有達比鄉村的動物村的小動物們都知道了麥克、雷諾、威廉三位小朋友們的勇敢，福特獾伯伯於是用一大張紅紙以粗大的毛筆字寫了告示，這一張巨大的告示就張貼在超級市場的大門口的佈告欄上。

告示的文字是如此地寫著：

親愛的各位鄉親們：

大家好！

很高興地在此向大家公告一項好消息，我特別感謝野兔愛特伍先生令公子麥克，松鼠格林先生令公子雷諾、以及刺蝟彼得先生令公子威廉等三位小朋友，已經發現了店貨，這三位小朋友此刻就在回家的路上了，他們也將親自運回這些物品。

希望大家踴躍地來福特廣場，參加歡迎他們的行列，我特在此提供免費的飲料及水果和點心給歡迎的人群朋友，我們也邀請達比鄉村的動物村村長和華頓校長親臨主持本次的歡迎典禮

謝謝各位的支持。

敬祝

愉快平安

福特超級市場　福特　敬上

二〇〇七年三月七日

話說麥克、雷諾和威廉，他們將紳士稻草人的高頂帽子以及枴杖收拾好，由飛毛腿麥克飛快地拿去償還紳士稻草人，麥克也代表他們三位當面向他致謝，旋即又回到了山谷，於是他們三人開始整理被藏在陰暗地方的店貨、貴重物及日用品，將這些全部都擺回到板車上，以芭蕉葉子覆蓋著上面，並且以南瓜藤當繩索將這些東西一一地栓緊，同時也在野地幾棵橡樹的四周圍，一一的檢查找尋是否還有其他遺落的貨物和日用品。

當一切東西都擺好在板車上，他們三人一起檢查就緒後，由麥克負責前方，麥克使用他有力的手臂就在前面拉著板車，雷諾在後面幫忙推著，小威廉則打開了一盞手電筒引亮了光在前面導路，他們沿著原路跳過河，越過山坡和綠野，而勇敢地往回家的道路前進了。

▲在朦朧的月光下，三隻小動物發現了敵人，找到了失落的店貨，完成了大事，也該是回家的時候了。

由於路途非常地遙遠，時間又已經是隔日的大清晨，三位小朋友又走在帶有濃霧的路上，他們感到非常地飢餓和疲倦，一路上曾休息多次，小刺蝟威廉更因為年紀小愛睡覺，又加上肚子餓，所以他已經不能支撐，必須睡在板車上了，野兔麥克以及松鼠雷諾也不介意就讓小刺蝟躺在板車上休息，還是由麥克拉著板車，換由雷諾提著手電筒繼續引路往前行，路雖然崎嶇蜿蜒，板車上的東西也非常地沉重，然而雷諾和麥克想到就要回家而可以見到父母，那股溫馨的的感覺，所有的痛苦也就因此而煙消雲散了。

大約在早上七點左右，他們終於看見福特超級市場的大廣告招牌，他們也看見有一群人提著燈籠，就在超級市場的前面廣場上喧嚷和歡呼，此時威廉也已經醒來了，麥克讓他小心地從板車上跳下來，他們非常地高興，一切辛苦都給忘記了，他們快快地驅前，小心翼翼地滑走在斜坡上，將乘載在板車上的貨物很安全地送到了超級市場的大廣場，他們聽到了眾人歡呼的笑聲：

「歡迎麥克、雷諾、威廉光榮地歸來，你們是達比動物村的英雄！」

「歡迎！歡迎！！」大家鼓掌歡呼，又叫又笑，高興的聲音充滿了廣場。

此時廣場是人山人海，充滿著歡笑和娛樂的歌聲，三位小朋友既高興又興奮地喜極而泣，他們看見了自己的父母也都在歡迎的行列裡，於是放好板車，各自投到媽媽的懷抱裡而高興的哭了起來。

超級市場老闆福特，取出已經準備好的獎品和徽章，邀請達比鄉村的動物村村長飛利浦先生前來頒獎，飛利浦先生更在眾人的面前宣佈：

「親愛的麥克、雷諾、威廉，你們三位歷盡了千辛萬苦終於找回來了店貨，你們是達比鄉村動物村的英雄，我們非常地感謝並且給予鼓勵。」我代表達比鄉村將勳章掛在麥克、雷諾、威廉的身上，並且發給獎品以茲鼓勵，於是眾人都鼓掌拍手歡呼。

動物村華頓學校的校長菲律普先生也上台講話：「麥克、雷諾、威廉三位小朋友，以他們小小的年紀，竟然不辭辛苦地追蹤壞人，找回來了店貨，他們的精神可佳，很值得學校各位小朋友們的學習，讓我們一起恭喜和歡呼吧！」

勇敢聰明的麥克也代表三位說出感謝的話：「各位鄉村父老兄弟以及福特老闆，大家好，我是麥克，雷諾、威廉和我感謝你們對於我們的寬容，福特老闆並且讓我們有機會來贖過，我們歷經了艱辛，危險和困難，找回了店貨，除了克盡自己應負的責任外，我們也得感謝我們的父母，以及老師們給予我們有豐富的愛，和華頓學校對於我們有了良好的教育，同時我們也必須感謝一路上與我們合作的一群閃亮無比的螢火蟲隊，以及摩登貝克和紳士稻草人的幫忙，使我們能克盡困難而完成這一項任務，我們也相信這是很好的經驗。」

麥克、雷諾、威廉三位一起舉手歡呼，這三位小朋友一起說著：「我們分享這一份榮耀給我們父母，學校的老師，同學和福特伯伯及全體達比鄉村動物村的村民們，謝謝大家。」

達比鄉村的動物村們，經過了這一次的意外事故後，動物們大家彼此更為關心和合作，而村民一如往昔地過著日出而作，日入而息的規律生活。

稻草人貝克

第二輯

普達農場的湯姆

普達農場的歷史

英國依爾佛郡就在離倫敦不遠的南威爾斯，乘坐快速火車大約需要兩小時的光景，依爾佛郡裡有幾座小山和很多條美麗的河流，其中環繞著黑山附近的一條河流名為衛河，它是英國非常著名的瑟芬河的支流。衛河寬廣而水流清澈見底，水流經過依爾佛郡的農業地區，那兒有很多座農場，沿河兩岸有著名的歷史城市和古堡，鄉村空氣新鮮而景色非常地美麗。

英國威爾斯的黑山是一座著名的高山，在第五世紀的都鐸王朝時期，是英國內戰的古戰場，皇家軍與民兵，曾經在此地有多次轟轟烈烈的戰鬥和廝殺，雙方的損失都非常地慘重，自從亨利七世統一了整個王朝後，對於依爾佛郡的農村給予賠償損失外，也鼓勵和獎賞農夫們努力的耕種，由於這一地區有豐富的衛河水源供應，農業生產增加迅速，政府有了豐富的資源收入加上人們的賦

稅，於是都鐸政府積極地從事地方建設，從此英國國內安定，人們和平相處，如此經歷多代的傳承，依爾佛郡已經成為英國南威爾斯的富有都郡。

鄉村主要的農業生產以穀物為主，由於政府對於農村的積極督導，所以鄉村農民的收入除了能自給自足外，也能將各種農作物的大量產品，經由衛河的小船兒轉運到瑟芬河港口內的大船隻，而運送到威爾斯的北部，英國北部的利物普和格拉斯哥以及遠至蘇格蘭地區。

衛河環繞著黑山，順著往東的方向與瑟芬河會合而出口，流經的鄉鎮土地都非常地肥沃，其中位於黑山山腰下的一個小鄉村名為犁田村，村內有大小不一的農場，農場裡的主人，都是歷代傳承下來的自耕農，在羅馬時代，這些土地都是當地大郡主所擁有，一般百姓只是個佃農，農場品的收入，除了要繳稅外，還要繳交租金給地主，所以百姓每年所剩無幾，自從羅馬人撤退後，歷經幾代的君主和國王的統治，漸漸地將舊有的制度給平民化了，尤其到了英明的英王維多利亞女王時期，國家富強，人民生活安定而愉快，一般百姓也都有屬於自己的農場可以耕作，不用向大地主繳租金，而只要每年繳稅給政府，於是每一座農場的主人都為他們心愛的農場，取了親切又好聽的名字，例如普達農場、威格農場、珍妮農場、綠屋農場、建業農場、玉山農場等等。

在這些農場裡，其中有一座是由一位樸實善良而又仁慈的山姆柏克老先生所經營的「普達農場」，它是由柏克老先生的祖先們所取的名字，柏克老先生的歷代祖先們都以農夫為職業，普達農場位於犁田村，依山姆老先生的家譜記載書裡，曾經有這麼一段紀錄：普達農場建於西元1566年，由普達伯爵所授與命名。山姆柏克老先生自己對於這個從祖先流傳下來的農場，感到非常地驕傲，自己從小跟著父親學習耕作到結婚而有了孩子，他都很努力的耕耘這一塊土地和農場，山姆曾經代表犁田村參加角逐依爾佛郡模範農夫的選拔，而當選為第一名，那是犁田村民的一項榮譽，是山姆一生中最引以為驕傲的事情。

柏克先生喜愛犁田村，早些年前，交通不發達的時代裡，他為村民鋪橋造路不遺餘力，頗受當地村民及村里的小孩們的敬愛，鄰居們都喜歡尊稱他為「山姆爺爺」，於是山姆爺爺就這樣被叫出名來了。

山姆先生的家人

在山姆心中最為難過和傷心的事，莫過於老伴麗西的過世，他清晰而深深地記得，那是發生在二十年前的事，他的太太麗西是附近愛德華小學的校長，在學校的春季假期裡，學校舉辦了古堡探索之旅，她帶領了老師和旅遊學生團體，乘座著一部前往英國北部愛丁堡遊覽的遊覽車，遊覽車內有老師及學生大約五十人，一路上老師和學生們高高興興地打成一片，大家有說有笑地唱歌和說故事，由於當天清晨霧氣非常地濃厚，遊覽車開到一個拐彎道時，為了閃避

一部酒醉開車的小轎車，而與另一部正要到城內趕市集，滿載著牛奶和蔬菜的貨車互相碰撞。遊覽車的整個車子翻倒在路旁，貨車司機當場死亡，而貨車整個車子內的牛奶、蔬菜和水果等也濺得滿地都是，當時受傷的學生有不少，麗西以為自己沒有受傷，於是在緊急的情況下撥了119的緊急電話，交通警察以及救護車，和空中救護的螺旋槳飛機，也都到了現場來營救，麗西還幫忙護送受傷的小孩子們到醫院，然而不幸的事情卻發生了，麗西所受的頭部內傷，於第二天因內傷流血而休克，來的突然而措手不及，經救護車送至醫院後不久，麗西已經不能甦醒，撒手人寰而拋下了山姆和三個幼小的孩子。

想到令人傷心而難過的往事，山姆總是淚流滿面，記得當年，縱使有了眾多親戚和朋友們的撫慰，然而，山姆看見哭喪著臉的三個年幼的兒女，真不知如何是好？平常愛妻麗西總是將小孩和家務事，整理得非常整齊而完美，使得他在經營農場時，都無後顧之憂，如今面對著這麼艱難的環境下，山姆必須父

兼母職，撫養著三位年幼無知的兒女，他要鼓起多麼大的勇氣來克服，支撐著這個近於悲傷而困難的家庭；經過二十年的歲月後，刻苦的日子總算是已經過去了，山姆真正地做到，讓一家人有了頗為富裕和溫馨的家庭生活，山姆有了儲蓄就在英國南部的肯特郡橡樹村裡，購得了一個大農場，農場的名字就叫做「奧利佛農場」，如今山姆年紀大了，也有了歲數，他的孩子們都已經長大成人且結婚了，他們個個都有屬於自己幸福的家庭和小孩，說起購買奧利佛農場的故事，山姆的嘴巴可真的笑得開心極了。

說起山姆爺爺，他有一位至親外甥名叫梅爾‧漢姆特，梅爾是亞瑟農場的主人，住在肯特郡，山姆爺爺是梅爾的小表舅。梅爾的母親就是山姆爺爺的表姊姊，由於農場裡特別地忙碌，他們雖然沒有時常見面，然而偶爾有來往，而且現代郵政系統的方便和網際網路的普遍，他們都有了書信的往來連繫，和互道平安，又每年聖誕節或是復活節的來臨，也會互相拜訪。

奧利佛農場

山姆爺爺有了儲蓄來購買奧利佛農場，這是他一生中最有成就的表現，奧利佛農場就位於英國南部有名的美麗都郡肯特郡裡，肯特郡有很多美麗的鄉村，奧利佛農場就位於最為美麗的鄉村之一名叫橡樹村，沿著鄉村道路是一望無際的綠野和小丘陵，田園景色美麗而迷人，春天時，當你走在道路兩旁，盡是聞到芳香而開滿像蠟燭似的栗子樹花，一大片一大片的田園，只要你一放眼，就可看見黃澄澄的椰菜子花，艷黃的色彩，每到中午時分，經太陽之照耀，其顏色更是火焰而迷人，夏日裡，綠油油的麥田，清風吹襲麥禾搖曳，像是一片綠海，波浪起伏有致，自然的景色清新宜人，美麗而溫馨，一片欣欣向榮的景象均依季節的變化而各具特色。

穀物的收穫也因季節的更迭而有很多種類，身為農夫忙碌又辛苦，整整

的一年裡，人們總是期盼著豐收，所以當秋高氣爽的季節來臨時，金黃葉子飄飄然，果實纍纍地掛在枝頭上，夜晚的月兒圓又亮，一幅豐收的景象呈現在眼前，那會是多麼快樂和祥和。

綠油油的草原上，錯落的牛群和羊兒低著頭慢慢地細嚼著綠色的青草，非常地平和而溫馴，他們就在最為新鮮而且風景優美的田園裡，圍繞著農場四周是各種各樣吐芽新綠而綻放著絢麗、嬌豔芳香的果樹，以及高大挺拔的樹木和低矮不齊的叢林。

粗壯高大綠油油的樹，是鳥兒最喜歡的地方，他們喜愛在枝椏間築巢，松鼠也喜愛在樹的身上打個洞而爬上爬下，尤其在丘陵上的槐樹園裡，每天從早到晚，總是有許多鳥兒停在那裡，拉著嗓門兒盡情的唱歌，這些鳥兒的歌聲不但悅耳動聽，而且還互別苗頭，各具特色。黃鶯的歌聲晶瑩剔透；喜愛在花園裡找人為伴的金絲雀其歌聲婉囀輕盈而變化多樣；喜鵲和畫眉鳥的歌聲清脆

嘹亮；夜鶯和知更鳥的歌聲更是靈巧婉約而楚楚動人；喜愛在橡樹樹上築巢的烏鴉其羽毛黑而亮麗，唱起歌來雖不怎麼好聽，卻沙沙地粗壯有力，豪邁而低沉，頗具男性的魅力。

羽毛淺褐色而帶點灰土色的麻雀們，也不落人後，在草叢上頭譜曲作樂，自由自在地上下跳躍著，他們雖然天天吱吱喳喳地叫個不停，有時真覺得有一點兒聒噪，但他們並不惹人厭煩，而且在廣大的農場裡，就是來一點兒麻雀的熱鬧也會消除寂寞，那會是更為喜樂的地方。

奧利佛農場的主人是山姆爺爺的第二個兒子李察，女主人是美琪，他們育有一對兒女，兒子名叫大衛，女兒名叫茱麗，李察從小就跟著父親種田，如今經營農場已有多年的經驗，他清楚地記得父親曾經很光榮地說：「李察，奧利佛農場能有今天的成就，我們得感謝主賜給我這一塊深具悠久歷史的百年農場，它是我這一生中所做的刻苦勤儉與努力的成果，如今加上你的努力，使得

它更是輝煌無比。」這一大片寬廣的土地上，栽種著各種各樣的五穀雜糧和各種蔬果，雖然不是每年都能豐收，但是至少日子也過得非常平安而快樂。

在奧利佛農場裡，有一個牧場，牧場裡飼養了很多的家畜，有牛、羊、豬、以及雞、鴨、鵝等等，這些家畜的飼養除了能增加農民的一些收入外，也增添了農場的熱鬧和溫馨。

李察一如往昔，聽到公雞啼叫的聲音就起床了，他每日清晨首要的工作就是到牧場去巡禮一番，近日來所購的添加飼料是否足夠？草的鮮綠如何才能滿足飼牛的胃口？養雞場裡的飼料對於生蛋的母雞是否有足夠的營養？由於天氣很冷，趕放羊兒的時間是否應縮短，送往牛奶場的牛乳是否有比往日多些？諸如農場裡瑣碎的事情是非常地多，內部採購以及記帳的工作都統籌由李察的太太美琪來管理，美琪除了克盡自己的能力，照顧好這個家以外，她更將兩位兒女大衛和茱麗照顧得無微不至，家裡充滿了溫馨和幸福。

美琪吃完早餐，照往例帶著兩位小孩到學校上課，在路上遇見了獸醫醫生韋恩夫人珍妮，他們兩個一路上彼此寒暄，珍妮是在地方政府農務司部門做事，從事社區服務多年，對於本地的農民家庭以及農作物非常地關心，是一位古道熱腸，富有善心的人士，夫妻倆倍受地方人士的尊敬。

茱麗是一位很可愛的小孩，今年七歲，就讀於橡樹村裡的約翰小學，約翰小學的校長梅林先生對於學校的教育非常地用心，除了課業的學習外，他更注意學生的心智與體能的發展，茱麗是這所小學的一年級新生，她是一位品學兼優的好學生，茱麗喜愛的功課有很多，例如歷史、地理、數學等，學校的課外活動活潑而富朝氣，老師會帶領學生們參觀科學館、博物館、植物園、動物園等等，這些活動中茱麗最為喜愛的是參觀動物園。

茱麗在家裡養了一隻寵物小豬，小豬的名字叫湯姆，可愛的小湯姆是奧利佛牧場裡的早產小豬，記得當母豬米雪懷孕時，李察與美琪非常高興，他們對於第一次懷孕的米雪母豬很小心地照顧，除了平常供給足夠的食物外，為母

豬米雪補給營養，李察還格外地購買了較有營養的食品，李察一家人以及奧利佛牧場裡的工作人員同心協力保護母豬的安全，然而人算不如天算，就在一次暴風雪的晚上，米雪由於感覺肚子餓，半夜醒來尋找食物，不幸摔了一跤，這一跤摔得可不輕而幾乎要米雪的命，可憐的米雪，這一次的意外卻造成她的早產，於是緊急呼救獸醫韋恩先生的幫忙，救活了米雪的生命，而小豬湯姆也就在這種緊急的情況下誕生了，剛當起媽媽的母豬米雪，由於發生了意外後身體很虛弱，而不能以母乳照顧小豬湯姆，因此照顧小豬湯姆的日常的生活工作，就落在李察一家人的身上了。

剛出生的早產小豬湯姆，身體非常地虛弱，在出生後的幾個星期裡，必須由李察的太太美琪小心地照顧，首先，她為小豬準備一只小搖籃，牛奶瓶等等。由於農場裡的工作以及小牧場的家畜，已經使得李察和美琪都很忙碌，女兒茱麗善良又富愛心，同時她也喜愛小動物，每次當媽媽忙碌時，照顧湯姆的工作就落在茱麗的身上了。

▲豬小弟湯姆與哥哥姊姊們喜歡女主人美琪燒煮的食物。

湯姆是一隻非常可愛的小豬，頗受茱麗的喜歡，她每天為小湯姆沖泡牛奶，燒開水，洗奶瓶和杯子，同時也每天為小豬洗澡，小豬湯姆非常地高興，他已經學會了使用奶瓶喝牛奶，和了解主人每天為他所作的例行工作和清理乾淨的工作，他知道他必須聽話，不要惹他的小主人茱麗的生氣，經過茱麗的小心照顧，湯姆已經長大和長高了很多，然而湯姆在頗受照顧的當時，他是越來越聰明，也越來越頑皮。

學校的考試完後，茱麗會有一個頗長而快樂的復活節假期，茱麗放學回到家裡時，知道爸爸和媽媽要為爺爺舉辦六十五歲的生日宴會，時間就剛好在這次的假期裡，茱麗非常地高興祖父生日的來臨，然而要用什麼禮物來贈送給祖父呢？茱麗左思右想了好多天，有一天茱麗與可愛又頑皮的湯姆遊玩時，茱麗終於想到祖父喜歡豬，因為豬代表有財富好運氣，茱麗於是期待祖父生日宴會的來臨，到了那一天她除了向祖父祝壽外，她希望將小豬湯姆贈送給爺爺，她期待爺爺會喜歡。

山姆爺爺的生日宴

就在五月的一個風和日子裡，美麗的晨曦早早地在山頭上露出了笑臉來，山姆爺爺穿上了一套由女兒安妮遠從澳大利亞購買贈送給他的新西裝，西裝的顏色是深灰近黑色，湯姆依稀地記得，當他年輕時，長得帥又有風度，深深博得太太麗西的喜歡，於是就在他滿二十五歲的生日時結婚了，如今事隔四十年，孩子都長大了，他們都有了屬於自己的事業和家庭，子女們的孝順，特地為他舉辦了六十五歲的生日宴，以及退休慶功宴，山姆看見了兒女及孫子們圍繞在膝前，以及從遠地來祝賀的親戚們，甚至於和他一起打拼經營農場的夥伴鄉親們，都來參加這一次的慶功宴，山姆爺爺深深而感慨地說：「各位親友和貴賓們，歡迎你們來參加這一個盛會，我今天非常地高興，也非常地榮幸能夠在此與大家見面和接受你們的賀喜，縱使麗西並不在身邊，相信今天我的成

就，已經能夠告慰她在天之靈，我在此向各位親友們致謝，這幾十年來的扶助和教導和幫助，才能使得農場成就輝煌，我在此很願意與大家來分享這些成就，如今，我也很高興地將我的責任和義務親自地交棒給我的兩位兒子威廉和李察，我很有自信地說他們深值我的信賴，並且他們更能以科學的方法來發揚和光大普達和奧利佛這兩座農場的經營和管理，謝謝大家再繼續為農場給予支持和服務。」

山姆爺爺的一席話深得大家雙手鼓掌和祝福，於是開著香檳舉杯慶祝，而宴會的節目也就開始進行了。亞瑟農場的主人梅爾・漢姆特也帶著太太露西和兩位孩子來為表舅舅道賀祝壽和請安，山姆的大兒子威廉與媳婦梅佳和孫子依頓、雅玲，第二兒子李察和媳婦美琪和孫子大衛、茱麗，他們一起迎前向父親的膝跪著祝壽和感謝，今天山姆爺爺非常地高興，看見遠嫁到南半球的澳洲女兒安妮，她也帶著先生愛利克和兒子愛文、女兒琳達回家為父親祝壽。一家人

圍繞在爺爺的身旁，爺爺的手臂抱著最小的孫子，膝蓋上也坐了幾位孫子，大家一起聽他說故事，這是多麼熱鬧和讓人高興的事情。

茱麗在山姆爺爺生日的時候，豬小弟湯姆也跟著來到爺爺的家，生日宴會的場面使人感動而熱鬧快樂，茱麗知道爺爺喜歡了豬小弟湯姆，於是茱麗就將湯姆呈現給山姆爺爺作為生日的禮物，山姆爺爺高興地嘴巴都合不上來了，於是，豬小弟就這麼樣兒留下來，並且住在普達農場陪伴著山姆爺爺。

農場裡的一天

自從山姆爺爺退休後，普達農場由大兒子威廉及媳婦梅佳來經營管理也有年餘，威廉跟隨著父親學習農業的經營有多年，加上自己又是農業大學畢業的高材生，他自己也很有信心地來經營這一個深具非凡而有意義的農場。威廉的家庭生活非常地美滿，他們育有一對兒女，男孩依頓今年已經10歲，女兒名為雅玲現年8歲，依頓和雅玲在學校非常地用功，成績也讓父母非常地滿意，於是威廉計劃在今年的暑假裡，帶著太太梅佳和他的兩個孩子依頓和雅玲，到美國洛杉磯的狄斯奈樂園遊玩，威廉徵求山姆爺爺的同意，希望他在整個暑假裡能照顧農場，爺爺雖然年紀稍長，但是身體仍很硬朗，也就答應了兒子的要求。於是依頓和雅玲高高興興地隨著父母親前往旅行。

這是一個風和日麗的夏季早晨，太陽剛剛露出了臉兒紅潤潤地像一個蘋果，高高地掛在東邊的白雲層裡，農場裡的公雞國國，他總是最早起來，他每日的工作就是叫大家起床，公雞國國是一隻非常健康而強壯的雞，他在早上啼叫的聲音非常地宏亮，其聲音可以遠播到鄰近的鄉村，尤其當他起床後他又特別喜愛大叫三種不同而富有音樂性質的歌聲，「郭郭給！」「郭郭郭給！」「郭……郭……郭給！」「天亮了！農場裡的朋友們快起來了！」公雞這麼巨

大而強有力的聲音，首先被吵醒而懶散不想起床的是睡在他身旁的母雞南西，南西還想在稻草被窩裡撫愛著小雞們，於是對於公雞爸爸的啼聲並不欣賞，甚至於裝著沒聽見，口裡卻對著公雞爸爸說了幾句：「咕咕……咕咕，親愛的公雞，請閉起你的嘴巴，不要再叫了，除了山姆爺爺以外，農場裡的每一隻動物都聽到你的聲音了。」於是母雞媽媽又摟著小雞們睡著了。

夏天的太陽早起，山姆爺爺會起的特別地早，他像往日一樣，穿上了睡袍，走到浴室裡忙著刷牙、洗臉後戴上了假牙，準備到廚房裡吃早餐，這幾個月來，天氣乾燥又不下雨，農場裡的稻禾和麥子都長得不高，而葉子也漸漸枯黃，爺爺自言自語地說：「老天爺，你再不下雨，今年的五穀就不能豐收了。」他打開了落地窗戶，看見天空上沒有一點兒雲層，只見一顆閃爍發光而強烈的太陽，於是爺爺對著太陽說話了：「太陽請你躲開吧！不要再照了，否則我就拿出箭像中國的后羿王一樣用箭把你給射了下來。」

由於天氣熱，寬闊的農場裡，每一隻家禽都設法躲到最為陰涼的樹叢裡，他們不約而同地抬起頭來，仰望著太陽而互相嘆息著，馬房裡的馬爸爸吉姆對著母馬瑪莉說話：「親愛的瑪莉，你有為我們的小馬兒愛文和傑遜準備帽子嗎？我看這幾天太陽特別地大，山姆爺爺還是會像往日一樣帶著我們家的小孩子們到農場裡，倘若沒有戴上帽子，小孩子們的皮膚嫩是會被曬黑而燒傷的，我看你每天總得抽一點時間，取一些山姆放在馬房旁要給我們睡覺的稻草，再為小孩子們編織第二頂草帽吧。」瑪莉回答著：「是的，我至尊至上而令人敬畏的馬爸爸，我會抽空來準備製作美麗的草帽，請你放心吧！」

躲在客廳裡的狗兒格林，他戴了一頂山姆爺爺舊有的帽子，那是去年參觀當地小學學校運動會，接受贈與的鴨嘴帽，最受山姆爺爺喜愛的白色北京母狗名叫蘇菲亞，她也戴了一頂由山姆的女孫子雅玲贈送的花邊草帽，蘇菲亞和格林結伴的來到湖邊，格林遠遠地看見豬媽媽莉莉手牽著三隻胖胖圓圓的豬

姊妹，他們也各自戴著草邊花帽，很是美麗，並且也一搖一擺地往湖邊走來走去。但是卻沒有看見頑皮的豬弟弟湯姆，湯姆年紀小，喜歡自己遊玩，不太聽從乾媽媽的話，但是他的想像力是特別的豐富，格林心想著：「小湯姆怕熱，他又玩累了，可能躲到籬笆裡的草叢裡休息，偷偷地地在睡懶覺。」其實豬小弟湯姆就是不喜歡戴帽子，無論乾媽媽怎麼勸說，他就是不聽，還跟乾媽媽賭氣，所以就沒有跟乾媽媽來到湖邊，相反地一個人躲到近大門邊的樹籬笆下乘涼了。農莊裡的家禽及動物們除了山羊不但不戴著帽子，而且還在太陽最為強烈的正中午時間裡，自己站在草坪裡吃草，他看起來顯得特別的奇怪，普達農場裡的其他家禽及動物們，都認為山羊的做法是多麼地愚蠢。

微微的清風從湖邊吹來，動物們都感到舒服涼快，只見兩隻天鵝倒栽了頭兒在覓食，鵝媽媽美美擁著兩隻小鵝麗麗和都都在她的翼下裡，只聽見鵝媽媽對著小鵝說著：「你們倆不要在大熱天裡游泳，快到媽媽的翼下裡乘涼吧！」

小鵝都都好奇地問：「媽媽，你知道什麼時候會下雨嗎？」美美回答著：「也許需要一些時候吧！」，美美被太陽照射得有氣無力地幾乎要昏倒，而懶懶散散地回答著。

這一些動物們各自戴著五顏六色的帽子，站在湖邊吸著水氣，遠遠地像是一幅美麗地圖畫，他們都異口同聲地對著美美喊著：「聰明的天鵝美美小姐，請你來告訴我們，老天什麼時候才會下雨呢？」豬媽媽莉莉說：「美美，你知道我和我的孩子們已經有一星期沒有洗澡了嗎？」雖然沒有戴著帽子，卻披著一條大毛巾的驢子，也提高了嗓門對著美美說話了：「親愛的美美天鵝，今天會不會下雨，倘若沒有下雨，又會在何時才下雨呢？我們都知道妳是最為聰明而能預卜先知的，不要躲著睡覺而不告訴我們吧！」

被太陽照得昏睡的美美，被左一句右一句的話語給擾了心神不寧，於是抬起頭兒不耐煩地說著：「你們知道我是一個好媽媽，天氣熱，我坐在蘆葦下

照顧著我的兩個小傢伙，免得他們被太陽的熱氣薰得中暑了。」美美又說著：「你們是多麼愚蠢的傢伙，光是會在大熱天的正中午時間裡，來此喊叫，卻不知道躲在陰涼的地方乘涼和睡覺，雨是會下來的，最後總是會下起雨來的？你們就不用擔心吧！」

於是大家聽從天鵝美美的話，各自回到了農場裡，馬先生吉姆帶著太太瑪莉和小孩子們躲在馬房裡休息，綿羊胖胖與太太珠珠回家戴帽子，搖搖擺擺地來到一棵橡樹下躺著，公雞國國的一家人也戴著美麗的花帽，他們要找尋較為清靜而又涼快的草屋睡覺，由於山姆爺爺的農場非常地大，在農場的東邊有一間前年搭建的舊稻草屋，農場的西邊也有一座去年才搭建的茅草屋。由於公雞國國的嗓門聲特別地大，又喜愛發號司令，他叫母雞南西帶著小雞們往東邊的稻草屋前進，走了一段路又發覺不對，因為舊稻草屋裡裝滿了山姆爺爺的稻穀種子和肥料，於是公雞國國又喊著母雞南西說：「親愛的南西，你真是一隻白

痴母雞，你走錯了，難道你不知道東邊的舊稻草屋裡面是塞滿了東西，我剛剛是叫你帶著小雞們往西邊的茅草屋方向走才對的啊！」於是這一些可愛的小雞們被公雞國國指揮叫著忽前忽後的走，又忽左忽右的跑，可憐的小雞們同時也被媽媽帶到東又帶到西，他們到底是要聽爸爸國國的話或是要聽媽媽南西的聲音呢？小雞們真的昏頭轉向而六神無主了。

豬媽媽的家庭

在寬廣無際的普達農場綠色草坪裡，我們仍舊看見公山羊一個人單獨地坐在草地裡曬太陽，啃食著青草。然而幸運地說，公山羊已經聽了小狗格林的勸告，如今戴著一頂大又寬闊的黑色西班牙鬥牛帽，那是山姆爺爺的兒子，於去年去西班牙參觀當地的農場，購買回來的一頂非常特殊的帽子，如果此時你

能來山姆爺爺的農場參觀時，你會發覺普達農場像是一副充滿著東方色彩而美麗的夏威夷風光。

豬媽媽的一家人，可是緊張極了，就在這正中午的時間裡，天氣非常地酷熱，她還帶著三個可愛的豬女兒，汗流浹背地在普達農場的前後院裡找尋豬小弟湯姆，她們已經找了一些時候，就在山姆爺爺後院花園的荊棘草叢裡有一鼓乳臭未乾的香味，一陣一陣地傳來，這個香味是豬媽媽最為熟悉的，因大家都知道豬的天性是愛吃能吃又能聞，於是她立即拖著女兒快速地奔到稻草叢裡，在那兒，果然發現豬小弟發出劇烈的打呼聲：「果果果……果果果」，豬媽媽和三個精疲力盡的女兒，也只好將就在豬小地的身旁躺了下來休息。此時，農場裡頓時安靜了下來，大家都已經各自找好了休息和乘涼的地方，他們都覺得還是鵝媽媽美美最聰明，她是知道怎麼樣使自己去適應環境，所以日子就會過得祥和和充滿愉快。

說到小豬湯姆的家庭，豬媽媽是非常地疼愛三隻豬小妹和一隻豬小弟，每天姐姐和妹妹們都很聽從媽媽的話，她們洗澡和打扮得漂漂亮亮，唯獨湯姆小弟特別地奇怪，只要媽媽說拿這個，而他卻拿那個；只要媽媽說做東，而他就做西；湯姆一天到晚喜愛到處遊玩，且異想天開，農場裡每到了中午時間是大家休息的時刻，尤其豬家庭的成員，一天到晚是最喜愛睡懶覺的家禽，甚至於她們一家人睡覺的酣聲，在整個普達農場四周圍都可以聽得到，今天豬小弟又和從前一樣，趁著靜悄悄的中午，整個農場的動物們熟睡的時間裡，獨個兒從大門給溜達出去玩了。

當湯姆來到大門口時，忽然看見山姆爺爺與隔壁的鄰居羅福先生，就在大門口聊天，湯姆想到，他今天不可能出大門，去湖邊聽小鴨子們唱歌，而湯姆也不能講故事給小鴨子們聽了，於是，豬小弟就在大門口的矮樹叢裡躺下來。

山姆爺爺與羅福談了有一會兒，突然，湯姆聽到山姆爺爺冒出了一句話說：

▲豬媽媽非常疼愛三隻小豬妹妹和一隻豬小弟，豬小弟的名字叫作湯姆。

「羅福先生，你知道豬也是可以飛的。」湯姆一聽到豬能飛的這幾個字眼時，可真的感到興奮，他稍移了身子，更仔細地聽著山姆爺爺和羅福先生的談話，他看見羅福先生瞪大了眼睛，而嘴巴也張得大大開開的，看起來他對於山姆爺爺所說的豬可以飛的這一句話，感到了很驚奇，於是山姆爺爺又說了：「羅福先生，請你不要覺得奇怪，前些日子，你有否看見在BBC電視台的廣告時間裡，確實有許多豬自由自在地在空中飛翔，而且還挺美麗的。」羅福先生立即回答：「啊！是的。」「現在讓我想起來了，昨天的BBC電視新聞，確實有幾隻美麗而會飛翔的豬，而且每一隻豬都還拿著金錢銀寶盒裝滿了金子。」羅福先生又接著說：「山姆爺爺倘若你能養一隻像這樣的豬，那可真的發大財了。」山姆爺爺說：「是真的嗎？我看我家的小豬湯姆可真聰明，也許他可以學飛，而能幫我作廣告賺大錢了。」山姆爺爺並邀請羅福先生到屋內喝個下午茶，於是他們結束了談話而進入餐廳裡。

當湯姆聽到了山姆爺爺與羅福先生的談話後，他是非常地興奮，他跳躍地站了起來，大聲地說著：「豬會飛了！豬會飛了！我湯姆是一隻聰明的豬，我當然可以飛了，我可以飛上了天空，告訴雲伯伯，快一點兒下雨，否則依爾佛郡的很多農場就會變成荒蕪的乾躁地了。」

湯姆想學飛

湯姆自從聽說自己也可以飛時，他自己下了個決定，要努力學習飛行，然而，學習飛翔並不是一件簡單的事情，湯姆認為他的前腳就是翅膀，他開始要為飛翔而做準備，他必須先學習站立、展翅、提腿；首先他提起前腿試著讓後腿來支撐整個身體，然後用後腿走路，開始走路時，湯姆覺得有些顛簸不穩，由於湯姆有了強壯的後腿，所以支撐的力量還夠，初步的學習階段，總算是可

以差強人意，湯姆想這個動作只要勤加練習即可；第二，湯姆認為他的前腿就是翅膀，當後腿能夠支撐而站穩後，於是就可以舉起左右腳而前後繞圈搖晃，開始搖晃時，他發覺這是多麼困難的工作，更不用談到是否可以飛得起來，嘗試幾次的練習，他都失敗，他想要放棄，但是他認為他並不是一個沒有勇氣的人，為何就會如此輕易地放棄了呢？於是他坐了下來仔細地想一想。

湯姆想著想著，他突然間悟得一個哲學上永不會變動的道理：「人人做事起初難，必須要有耐心、毅力、和勇氣。」而且還要勤加「練習」，他記得媽媽也曾經說過的一句話：「成功不是來自天份，而是來自多練習。」想到此，湯姆愉快而飛躍地奔到後院的廣場上。

湯姆來到綠地廣場時，開始依前次所做的方法重複地練習，翅膀經過多次的拍翅繞圈練習，也稍微得到了欲飛的竅門，幾次的勤加練習，動作也熟練些，感覺稍為輕鬆而較前次好了很多。湯姆正在得意而愉悅時，突然從空中飛

▲頑皮的湯姆在普達農場的後院溜達，看看什麼地方才是最好的試飛場地。

來了一隻烏鴉朋友名叫為聒聒，湯姆與聒聒打了一個招呼，聒聒烏鴉問湯姆說：「湯姆，你在這兒作什麼？」湯姆回答著：「我在練習飛翔。」聒聒說：「豬是不會飛的。」湯姆說：「會的，豬是能飛的，山姆爺爺說過的。」湯姆又說：「烏鴉聒聒，聽說妳是一位熱心腸的鳥，既然你說豬不會飛，然而我又想飛，那麼是否你可以來教我怎麼飛嗎？」烏鴉聒聒張開了大嘴笑個不停繼續說著：「湯姆，不要開玩笑了，豬怎麼可能飛呢？」聒聒的嘴巴哥哥咕咕地叫個不停，哥哥咕咕地告訴了他的同伴，如今一大群烏鴉齊聲地說：「哥哥，郭郭，郭郭哥個……好一隻愚笨的豬。」於是他們更快速地飛走，飛到遠方通消息去了。

聰明的湯姆注意看著烏鴉的飛行，他從而領悟到了一些飛行的技巧，他想著：「起飛時，只要將前翅膀稍微傾斜了些身體，然後拍了拍，旋即兩腳提高地向前，就可以往前飛行。」於是他試著口中一邊念飛行步驟一邊依照前翅傾斜、歪身

▲頑皮的湯姆爬上了草堆，又在高高的草堆上飛躍而起而飛落到地上。

振翅、提腳、向前飛；此時湯姆全身感覺到衝勁富勇氣，有力的前腿也振翅的相當快速，真像螺旋槳在空中繞圈圈一樣，他的後腿真的也高高地提了起來，湯姆感覺他能飛了。就在湯姆最為歡愉的此刻，突然間，整個安靜的草坪裡卻傳出了「撲通！撲」一聲巨響，原來湯姆豬掉進了泥沼裡，一時間驚醒了周圍正在沉睡的動物們，大家抬頭齊聲地說：「湯姆你在吵什麼？請你安靜一點好嗎？」

天鵝的熱心

湯姆豬為了能夠學好飛行，天天就趁著中午大家睡午覺的時間裡，到綠地廣場上練習，經過了一些時日，湯姆一直覺得自己都沒有進步，於是有一天下午，他從樹林裡取了一枝長樹枝，輕輕巧巧的走到湖邊，躲在池塘旁的泥地草叢裡，欣賞著天鵝的飛翔，他也看見兩隻年輕正在熱戀中的天鵝達達和芳芳，他們在一起悠遊和作栽頭遊戲，於是湯姆取出了樹枝對著其中一隻天鵝的屁股欲搖醒而作了惡作劇，洗澡後的天鵝，搖搖晃晃的來到沼澤旁的泥地，他們發覺湯姆豬鬼鬼祟祟地不知在那兒做了什麼，於是天鵝達達開口說：「湯姆豬，中午時間你不睡午覺，來到這兒作什麼？」湯姆回答著說：「我想學飛。」達達和芳芳被湯姆的話給嚇了一跳，他們齊聲地回答：「什麼？你想飛？湯姆，你是知道的，豬是不會飛的。」湯姆根本不理會達達和芳芳說的話兒，自顧自地大聲說著：「達達、芳芳你們都長得帥和漂亮，而且富熱心腸，我知道你們兩位正在戀愛，人家說熱戀中的男女是最為快樂，也最為熱心，而且還聽說戀愛時的天鵝，在空中飛翔也是最為美麗。」湯姆又繼續地說：「你們何不利用在飛翔時，順便一起教我怎樣的飛，好嗎？」湯姆說完了話，又乞求著。天鵝達達和芳芳被湯姆豬的話感動了，於是齊聲說著：「好吧！我們一起教你就是了。」

▲頑皮的湯姆爬上了頂尖的草堆上試著飛翔，卻驚動了此刻在湖裡游泳的鵝爸爸和鵝媽媽。

達達和芳芳於是依起飛前的步驟，和旋轉飛翔的方法，以及飛高飛低的基本動作，詳詳細細的示範給湯姆看，湯姆看得都傻了眼，直呼呼地叫著：「是的，是的，就是這樣，我學到了，我學到了。」於是湯姆請達達和芳芳來到了花園城牆旁，他爬上了城牆的最高點，摒住了呼吸，依著達達和芳芳所教導的飛翔方法，舉起前腿做了螺旋槳似的搖晃，舉高了後腿，輕輕地往空中跳躍而起飛，此時湯姆真正地覺得自己飛了起來，他也學達達和芳芳的旋轉似的飛行，湯姆在空中時只有知道自己已經飛了和倒旋轉了多次，但是已經飛了多久和有多遠，他卻一點兒也不知道，只聽到達達和芳芳在沼澤地底下喊著說：「囝囝湯姆，你已經學會了飛的技巧了，祝你好運喔！」由於湯姆太興奮了，他忘掉了害怕是什麼，只知道飛呀飛呀，過了稍許時辰，突然地，他覺得心神有一點兒恍惚了，於是他整個身體從空中僵硬地掉了下來，幸運得很，他正好就落在池塘的正中央，把正撫抱著幾隻小天鵝睡覺的美美天鵝嚇倒，而從夢中驚醒。美美驚叫了一聲：「哦！湯姆你正在池裡作什麼？快點兒游到池邊，否

則你會被水淹死的。」由於美美宏亮的嘎嘎聲，驚動了整個普達農場，動物們也都被這一驚奇的聲音鬧得甦醒了，他們趕緊來到湖邊探個究竟，才發覺湯姆小豬，正從池塘中努力地游到岸邊來了。

經過這一次的飛行失敗，豬小弟湯姆，對於學飛的興致越來越濃厚，他的膽子越來越不害怕失敗，他總是趁著普達農場的動物們，睡午覺的時間，勤奮地練習，事隔一星期後，湯姆豬小弟認為：自己的練習已經差不多可以飛了，他看見山姆爺爺有一把大而長的梯子，它就被擺在稻草堆之旁，於是他沿著梯子爬到稻草堆的頂端，開始依近幾日來所學的，以及達達和芳芳所教的飛翔技巧，倒數著十至一的深呼氣和吸氣，而從稻草堆頂端翻滾，和轉換飛行的動作飛到地面來了，經過了幾分鐘，湯姆豬小弟卻重重地落在正在稻草堆下面熟睡的黑狗格林，把格林給嚇醒了，格林：「汪！汪！汪！」地叫了幾聲，他可真的沒有想到豬小弟湯姆竟然是如此的重，格林的身上雖然沒有受到嚴重的傷，然而身體的肌肉還是青一塊紫一塊的疼痛起來。湯姆小弟只能說一聲：「格林，真對不起。」

豬小弟所說的對不起這三個字也只有幾分鐘的光景，再隔一天他又給忘得一乾二淨，豬小弟湯姆繼續練習飛行的意志力仍很強，連續一星期來，都有同樣的故事發生，普達農場的動物們，都先後被豬小弟的動作給嚇倒了，他們也被豬小弟笨重的身體給壓倒，和撞得鼻青臉腫，而傷痕累累，縱使躺在大太陽底下曬太陽的公山羊也受傷了，馬爸爸吉姆和馬媽媽瑪莉，他們夫妻倆可就生氣得很，他們結伴氣沖沖地來到豬媽媽的家，正巧又看見湯姆豬小弟在客廳裡教豬小妹們跳舞，可就更火大了，於是吉姆大聲地對著豬媽媽莉莉嚷著：「莉莉，請你好好地管教你的孩子湯姆，否則普達農場可就沒有安寧的一天了。」吉姆和瑪莉說完後，又氣沖沖地走了。

最有學問的貓頭鷹醫生佳佳，曾多次勸告豬小弟說：「豬小弟湯姆，請你不要再異想天開了，豬是不會飛的，你已經將普達農場的朋友們弄得到處雞犬不寧了，請你回到你的乾媽豬媽媽的身邊，你的工作崗位是幫媽媽的忙，照顧妹妹們吧！」

由於烏鴉聒聒的傳訊，豬小弟湯姆學飛的消息，傳遍了整個普達農場附近的豪士頓小山上的榆樹林裡，住在森林裡的老鷹爺爺名叫曹曹，他向來是一位非常嚴謹的長輩，其個性非常強刃堅毅，年輕時的曹曹是非常有正義感而兇猛的鳥兒，當他聽到豬小弟因為想學飛而不安於室，更因此使得住在普達農場的動物們不得安寧，他的正義感之心油然而生，於是他選了一個星期假日，趁著山姆爺爺進城做買賣時，他飛到了普達農場。

老鷹的教訓

老鷹曹曹，飛到了普達農場，他走到豬小弟湯姆的身旁說：「親愛的豬小弟，聽人家說你很喜歡學飛，是真的嗎？」湯姆回答著說：「是的曹曹爺爺。」湯姆又說：「曹曹爺爺，但是學飛的過程很是辛苦，我一直學不好，你

▲老鷹曹曹爺爺對著頑皮的湯姆說：「親愛的豬小弟，我來負責教你飛行，不過，你得認真學習。」

是否可以教我呢？」曹曹爺爺說：「豬小弟湯姆，沒有問題，那就由我來負責教你吧，不過你得認真地學習。」於是曹曹的雙腳夾著豬小弟的前腿就高飛了起來，普達農場裡的所有動物們都列隊站在農場竹籬圍牆內抬頭觀望，湯姆豬小弟的兩隻耳朵，被曹曹爺爺夾得緊緊而疼痛不堪，老鷹是越飛越高，湯姆覺得普達農場的動物朋友們是越來越小，農場屋子像是一個火柴盒子，湯姆的眼睛朝下一看，他真的害怕極了，湯姆嚇得呼呼大叫，曹曹爺爺又將湯姆的身子做了旋轉似的繞圈，爺爺說：「這是蓮花圈」，繞行了一圈又一圈，爺爺又舉高轉了另一個方式說：「這是宇宙圈」，曹曹爺爺繞行數圈後，整個地上安靜無聲，所有圍在牆圍籬笆上觀看的動物們和有了巨大翅膀的家禽，都嚇得張口結舌，動物們只是聽到空中隆冬隆冬的打雷聲，和湯姆豬小弟的喊叫聲，他們也看見豬小弟湯姆由於害怕，而尿灑了整個農場，豬小弟湯姆並且說著：「救命啊！曹曹爺爺，請你開恩放下了我，我再也不敢玩飛行的遊戲了，請你原諒我吧！快讓我下去，求求你開恩恕罪吧！」

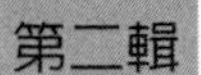

▲老鷹曹曹爺爺雙腳夾著豬小弟湯姆的耳朵，就高飛了起來。

豬小弟呼救的大喊聲，已經震驚了整個農場的動物們，太陽也被這一情景給看傻了眼睛，好心的貓頭鷹醫生，快點請雲伯伯來遮掩，由於震怒了雷公的午睡，雷公一生氣，於是轟隆轟隆的打起了振耳欲聾的雷聲，雷聲巨響，響動了整個依爾佛郡，於是有了大雨滴，天空開始下起大雨來了，老鷹曹曹爺爺也將豬小弟湯姆給放了下來，湯姆哭著跑到豬媽媽莉莉的身邊，大聲地哭，哭得怪傷心而可憐，湯姆說：「乾媽媽，請你原諒我的錯，我再也不敢作如此天大的蠢事了，請乾媽媽帶我向眾多動物伯伯、叔叔、媽媽、姑姑、阿姨們說聲道歉，好嗎？」豬媽媽莉莉看見了兒子是如此的驚嚇和害怕，耳朵也被夾得受傷青紫，她伸出雙手抱著湯姆，安慰著他說：「湯姆，只要你有改過自新，大家都會原諒你，以後你一定要好好地聽著長輩的話，與兄弟姊妹和朋友們相處和好，就不要再難過了，你很快就會恢復的。」於是莉莉帶著豬小弟湯姆，走到了普達農場前院的台階，勇敢地面對著大家說話：「各位先生女士們，我們家

豬小弟湯姆年紀小，不懂事，他的過錯，已經受到了處罰，經過了這一次的教訓，我相信他會改過自新，也會好好地聽你們長輩的話兒，希望你們既往不究，大家就原諒著他吧！我心存感激。」眾多動物朋友們，大家都點頭示意著說：「只要湯姆知錯能改，那是可原諒的事。」

普達農場，受到一場小豬湯姆想學飛的紛嚷，以及長久被乾旱的困惑，也因為有了老鷹曹曹爺爺挺身而出的明智之舉，把豬小弟的不可理喻的行為給糾正了過來，下過雨後的普達農場有了豐富的水源，從此普達農場又如往昔一樣，有了寧靜的環境，各種五穀的栽種，也依四季更替而豐收，農場裡的動物們也都過著平靜而安祥的日子。於是山姆爺爺又露出沒有牙齒的大嘴，開懷地大笑了。

稻草人貝克

第三輯

肯特農場的達達

蘿拉的考試

住在英國南部肯特郡七橡園鄉村的亞瑟農場的主人梅爾，他就在肯特郡的市政府農業廳做事，時間過得如此地匆促，他在那兒工作已經有很多年，梅爾有豐富的的農業知識，懂得科學和先進的耕作技術，及多年的實際經營經驗，他已經當了主管，所以他在農業廳裡工作的幾年裡，頗為勝任。

英國的農業廳是非常地大，他在那兒所擔任的工作，是必須時常到英國的各個城鎮的農村，作宣揚及輔導，因此他拜訪了很多的農場，他知道每一個農場都非常地忙碌，也各有其特色，梅爾與各個農場的主人時常交換農業經營的技術和心得，最近幾年裡，他發現有很多的新農場和新面孔，他拜訪這些年輕而剛出道的農夫們所經營的新農場，也特別的注意和關心，梅爾天生富有愛心，雖然已經是主管了，但是他仍然時常以輔導員的身分，將英國政府對於優秀農民的獎勵辦法，對這些新農場作了全面的介紹外，他也以個人的經營亞瑟農場的心得，給予年輕的農夫們做了多項的輔導，所以梅爾頗受農村朋友們的歡迎，如今梅爾在農業廳，工作得順利愉快和平安。

梅爾夫人露西，雖然也在市政府裡工作，然而由於孩子們還小，加上亞瑟農場的忙碌，所以她只好選擇部份工作職，所謂部份工作職是她的工作分配是上午在市政府裡做事，而下午就早早地回家在亞瑟農場裡幫忙，和專心在家裡照顧兩個小孩。梅爾的女兒蘿拉，在學校學習一向受到老師的獎勵及梅爾夫妻倆的鼓勵，她在學校是一位品學兼優的好學生，在家裡是爸爸梅爾和媽媽露西的好孩子，蘿拉喜歡作文和畫畫，也喜歡彈鋼琴，蘿拉清楚地記得當她開始到學校學習寫作的時候，就曾經以一篇短短的故事名為「母雞美美的窩」，贏得當年學校舉辦的小學生的小說創作獎。如今蘿拉已經十一歲了，根據英國政府教育局的規定，十一歲的小孩，必須參加一項英國全國小學學生

學習能力的鑑定考試，這一項考試的成績，可以作為十二歲小學畢業後，決定申請資優中學的參考資料。

小學學生的能力鑑定，分成兩項來評審，一項是參加全國學校統一的鑑定考試，另一項是平時成績報告，平時成績在國文科裡，有自由發揮的作文寫作，學生平常可以自訂題目和自由發揮，由於蘿拉喜歡寫寫塗塗和畫畫，幾乎在每一個假日裡，就拿起筆來，左思右想地找靈感，由於居住鄉下，從小時候，她所接觸的環境周圍大都是農場，在耳濡目染的淺意識裡，她的題材雖然很多，但是構想與擬思的範圍不外是有關家園的故事，或是農場裡的故事居多，這一些故事，非常有幫助於她的作文思路，於是，她想到了遠住在約克鎮叔叔約翰的一家人，她甚至於非常地懷念，叔叔的芭比農場，後院花園的稻草人蘋果樹傑克先生，以及住在愛克薩斯郡懷得村，和藹可親的安迪舅舅，她更關心安迪舅舅的肯特農場裡的母雞英英的雞家族。

於是她的靈感來了，她有了一連串的思維就像河水一樣地奔流，在她的腦子裡充份地激盪著，她對於舅舅農場裡的雞家族特別的親切與懷念，她想著何不再來描述，肯特農場裡的好朋友，母雞英英的家族故事，於是她拿起筆來，左思右想，慢慢地寫在方格紙裡，這一篇故事的題材就是：「肯特農場的達達」。

母雞英英的家族

時間飛也似的溜走，它走得使人不知不覺，也走得非常地匆促又迅速，而讓人摸不著；住在芭比農場裡的稻草人傑克，自從幾年前有驚無險地度過了生命最垂危的時刻後，如今已經長成一棵茁壯的蘋果樹。猶記得，傑克有了一個最為要好的親戚，名叫稻草人喬治，喬治就住在愛克薩斯郡懷德村的肯特農場裡，肯特農場每年稻穀和麥的收成非常地豐富，這個農場的最大特色，就是

有一個非常寬廣的雞農場，稻草人喬治就坐鎮在寬廣無際的肯特農場裡，喬治有一隻最為要好的母雞朋友，她的名字叫作母雞美美，美美有了胖胖的身材，美麗的臉龐以及和藹可親的笑臉，美美生了幾個孩子，孩子們都已經長大結婚而成家立業，美美雖然已經過世了，但是她甜美的聲音是多麼地讓人懷念，她的孩子中最為可愛而深得美美疼愛的女兒就是英英，因為英英也長得和美美一樣，有了胖胖的身材，和漂亮的臉蛋，說話也溫柔甜蜜，輕巧可愛，英英一向甚得人緣，真討人喜歡，英英及兄弟姊妹們也都生了很多的小雞孩子。

如今母雞英英和公雞安安的孩子們都長大了，母雞英英在家族的輩份裡也升格作了祖母，肯特農場裡的雞群是一個大家族，因為家族大就會顯得雞窩小，雖然肯特農場，為了日漸增加的雞家族，已經有作了幾次的擴展和增添了良好的設備，然而每個雞家庭，向來就有與人不同的個性，他們喜歡群居，每當睡覺的時候，大家就喜歡聚集在同一個雞窩床裡，於是，英英的家族隨著雞

人口的成長，而大家又喜歡擠在一起的原因，倒使得雞窩場顯得更小了一點，又由於天生個性的不同，這些小雞們時常會為了芝麻小事吵嘴而發出此起彼落得嘰嘰叫聲，小雞孫子們，甚至於還會沒有理由的打起架來，英英也只能順其自然，她只是盼望著農場，因為有了他們，也能幫助肯特農場主人安迪帶來了財富，讓安迪有了更多的錢來增添設備，使雞窩場更寬廣舒適，這個肯特農場能整裝得更能盡善盡美，使得居在肯特農場每一個雞家族的成員，都能居住得舒適平安，而肯特農場更是一個充滿祥和快樂的地方。

由於肯特農場的母雞家族大，家中的事情就多了起來，英英雖然還是雞家族裡的一家之主，然而隨著歲月的流逝，母雞英英已經漸漸地老了，她雖然沒有以前的肥胖，但是由於年紀大，走起路來，就顯得吃力而一拐一拐的，當雞家庭非常忙碌時，她偶而也可以幫一點家事，但是她的兒女們非常地孝順，不想使年老的媽媽太勞累，因此大部分的事情，也都經由雞兒子和雞媳婦們來承擔。

母雞英英每天定時到農場裡散步，走累了，她就到後院花園裡的一棵茁壯而青翠濃蔭的蘋果樹下休息，英英猶記得幾年前，與媽媽美美曾經拜訪達比鄉村的芭比農場，在芭比農場裡有一棵蘋果樹是由稻草人傑克爺爺的身體長大而成，她喜歡走在肯特農場裡的蘋果樹旁，她更喜歡躺在一排紅色的燈籠花樹叢的籬笆下，那一片紅色的燈籠花，是多麼令人懷念的地方，英英來到燈籠花樹叢下，除了沐浴花兒的芳香外，更深深地感恩母親美美的慈愛和關懷。英英偶而會想到，當她還小的時候，母親時常帶她們兄弟姐妹們，來到農場裡與稻草人喬治話家常，稻草人喬治爺爺，總是很熱情地在很遠的地方，就搖著手向她們招呼著。

稻草人喬治是一位很勇敢的前輩，作為一位稻草人必須接受各種的挑戰，無論天氣的好壞，是刮大風或是下大雪的日子，喬治爺爺總是笑臉迎人，甚至於他每天都筆直地站在小麥和稻田園裡，看管這幾畝地的大田園，這是一項多麼辛苦而必須深具耐心的工作，然而喬治爺爺，他從來沒有發牢騷或是抱怨過，喬治爺爺也是一位仁慈而富愛心的老人，每當英英想到母雞媽媽美美與稻草人喬治爺爺的故事，她不知不覺地會心微笑著，想到當年，英英臉蛋兒紅紅，不知不覺地害臊了起來，此時她顯得特別地年輕而美麗。

這一個故事，事實上，是母親美美所付出的愛心以及稻草人喬治爺爺的慈悲心，然而這一些事情足足地讓母雞英英感恩了一輩子，英英時常不厭其煩，將故事內容重覆地講給小雞孫子們聽，而讓那些子子孫孫們聽了過後，都懂得敬老尊賢的意義，很奇怪地，小雞們再多聽幾次，也不會因此覺得無聊，反而更樂意嘰嘰嘰和嘻嘻嘻地聽著。

聰明的朋友，你一定會問我到底是什麼事情，能夠讓英英感恩一輩子呢？我在此以簡略的故事來說，那就是英英曾經接受過喬治爺爺的幫忙，擁有了一張非常特別的雞窩床，那張雞窩床就是「稻草人喬治爺爺」用來遮太陽和遮風遮雨的大草帽，說真的，那完全是出自於喬治爺爺的一片愛心和慈悲心，由於

英英和安安結婚後，英英很會為主人安迪生雞蛋，英英的雞窩床實在太小而不夠空間來孵蛋，於是稻草人喬治爺爺為了使英英有了更多的空間和能夠安心的孵蛋，爺爺很慷慨地將他自己的大帽子，提供給英英作為孵蛋的帽子床，而母雞媽媽美美則以紅艷而芳香的燈籠花，編織成一頂最為美麗的花帽來回饋，這是多麼感人的故事啊！喬治爺爺仁慈的胸懷，使得英英一輩子都感激難忘，這些小雞孫子們，也時常被這一則真實的故事，感動得流下眼淚，而嘰嘰嘰咯咯咯地談論不停。

如今英英年紀大了，她最為高興的事，莫過於是縈繞在她身旁的眾多的孩子，媳婦和一大群的孫子，這一些孫子們個個都非常的活潑可愛，他們也喜歡圍繞在英英的身旁，聽英英說故事，雞家庭是充滿著和睦快樂和平安。

母雞英英平常就帶著孫子們到後院花園運動和遊戲，她教小雞們如何捕捉食物和小蟲，天氣太熱了，或是走累了，她就會帶小雞們到樹叢下乘涼和休息，小雞們，知道祖母英英很會說故事，而且說起故事來又特別的美麗愉快和好聽，於是小雞們很會討好英英的歡心，總是會懇求祖母英英唱歌和說故事。

母雞英英的家族大，親戚朋友多，她有好幾個堂兄弟姊妹，大家彼此都受到母雞美美、公雞伯伯和叔叔、舅舅、阿姨們的教誨，他們都相處得非常快樂和平安，由於大家都接受過很好的家庭和學校的教育，彼此都以兄弟姊妹或是堂兄弟姊妹或是表兄弟姊妹們來稱呼著，但是，其中有幾個兄弟姊妹們生活在一起，就有很多有趣而又非常滑稽的事情發生，有一些事情是多麼微小得讓人可笑，有一些也非常地感動人，有一些事情的發生更是值得讓人尊敬，於是英英應著孫子們的要求，開始敘述著發生在公雞哥哥弟弟以及姊姊妹妹們生活在一起的一些趣事吧！

公雞達達的啼聲

公雞達達是母雞美美的表姐安妮與堂兄嘉嘉的小雞兒子，也就是英英的表兄，達達的身材長得非常高大，非常英俊又帥氣，他有紅色又帶有黑斑點的美麗羽毛，他的臉龐紅潤又健康，走起路來蓬勃氣宇而有神，然而很可惜地，他天生沒有一副好嗓子。當他長大而開始學習啼叫時，感覺非常地困難，每天在農場裡，他是第一隻起床的雞，他的啼聲總是吸引不了母雞姐姐及妹妹們的青睞，由於公雞達達的聲音不宏亮，在早晨時，母雞姊妹們幾乎沒有聽到公雞的啼聲，於是都非常地晚起，因此肯特農場裡的小雞們，天天上學總是會遲到。

可憐的達達，他的啼叫聲是如此地叫著：「郭郭郭……郭郭郭郭……聒聒聒聒……聒聒聒聒聒……瓜瓜瓜……郭給給給」母雞妹妹妮妮和表妹妹們都會嘲笑著他，甚至於還用手掩著耳朵說：「達達哥哥，你的啼叫聲是噪音，請不

要再叫了。」每天，反對公雞達達的啼叫聲的雞家族的年輕雞群們，此起彼落紛紛地嘲笑，還有幾隻母雞表妹，更是昂起頭兒大笑著說：「公雞達達，你的啼叫聲，還沒有我們主人家裡的鬧鐘好聽。」公雞達達心中雖然難過，但是他還是以笑臉迎人，很有禮貌地回答著說：「我是最為瀟灑的公雞，雖然我的叫聲不響亮，但是我盡我的能力努力地學習，希望將來能為大家作最好的服務，也希望有一天，我的聲音會是非常地響亮而有力，我的啼叫聲會是你們最為歡迎的和欣賞的，那會是最為好聽的公雞聲，那麼，到了那個時候，我希望我會是最為受歡迎的公雞，請你們平心靜氣來好好地欣賞罷。」

然而，不管達達公雞是多麼努力克服，不管達達公雞是多麼地逆來順受的表現，表妹們總是不給予面子，不但不給予同情甚至於還會更大聲地說著：「達達公雞，你不會是一隻讓人尊敬的公雞，因為你的啼叫聲並不吸引人，你也不會生蛋，你真是一隻無用的公雞。」

肯特農場裡，每天反對公雞達達的啼叫聲的年輕雞群們，此起彼落紛紛地嘲笑。甚至於其他的家禽如鵝家族，鴨家族以及小豬等等也都受到了影響，對於公雞的服務不表示歡迎也不表示愉快。

達達每天為了保護雞家族成員們的安全，他必須走路環顧雞農場的四周圍作巡邏，同時也為了能保持身體的強壯，他每天在曠野裡運動，都必須經過鴨媽媽的家屋前，很不幸地，達達總會受到鴨媽媽的調侃和驅趕，縱使鴨媽媽正忙著帶領著一群小鴨，她也會對著達達說著：「聒聒瓜……聒聒瓜，呱嗚啊瓜，達達公雞，你不會是一隻讓人尊敬的公雞，因為你的啼叫聲並不吸引人，並不宏亮地叫醒我的小鴨子們，準時去學校上學，你也不會生蛋，你真是一隻無用的公雞。你快點兒離開此地吧！」

▲鴨媽媽帶著一群小鴨對達達取笑說：「達達，你的聲音不宏亮，不吸引人，所以小鴨們天天上課遲到，你又不會生雞蛋，你真是一隻無用的公雞。」

傷心的達達走過豬媽媽的家門前，縱使豬媽媽正睡著懶覺，但是小豬吉吉和他的兄弟們也會對著達達說著：「恩恩恩……恩恩恩，達達公雞，你知道我們愛吃又愛睡覺，因為你的啼叫聲並不吸引人，因此我們也幾乎沒有聽到你的啼叫聲，使得我們每天都很晚起床，又深怕上課遲到，所以沒有時間吃早餐，就去上學，在學校裡，因為我們沒有吃東西，肚子餓得嘰嚕咕嚕地叫，更不能專心上課，我們也沒有帶便當，我們肚子餓得真的都不能睡懶覺，達達，你不會是一隻讓人尊敬的公雞，你的聲音不夠宏亮得能夠叫我們早起，所以我們每天上學都會遲到，你也不會生雞蛋，來供應安迪爺爺家人的需要，你真是一隻無用的公雞。」並且追趕著達達快點兒離開豬窩場。

公雞達達在學校裡時常為了這個理由，而受到各個同學們的刁難和責怪，因此時常難過哭泣，級任老師鵝爸爸叮叮老師，他是一位盡善盡責的好老師，叮叮老師雖然年紀大了，但是仍舊教了很多的學生，他知道達達的處境，他真

▲小豬吉吉和他的兄弟對著達達抱怨說：「達達，你的聲音不夠宏亮叫我們起床，我們上課遲到，又沒有帶便當，肚子餓得嘰哩咕嚕叫，又睡不著覺。」

的是面有難受，但是他不責備達達的不是，而是以更多安慰和寬裕的心胸給予達達提醒和督導，叮叮老師，他對於每一位學生都很關心，對於達達的處境更是以愛心來輔導，使得達達能鼓起勇氣去面對著困難，而更為努力地去克服。

達達時常為自己不能做得完美，而遭同學和姊妹們的責難，他感到非常的灰心難過，甚至於也時常很傷心地哭著，但是母雞媽媽安妮總是再三的鼓勵著說：「親愛的小達達，你不要傷心，也不要害怕和氣餒地去學習，有一天你會是肯特農場裡最為出色的一隻公雞。」有了媽媽的愛心，於是達達忍耐地面臨著來自多方動物們的指點與不對，他還是鼓起了勇氣而努力地學習著，他真的希望有一天，他將會是肯特農場裡一隻最為出色，又是人見人愛的大公雞。

公雞達達的表妹群裡，有一位表妹名為圓圓，她是英英舅媽的孩子，也就是英英的表妹，她長得嬌小玲瓏，聰明又漂亮，而很討人喜歡，也甚得人緣，她天生就有一顆熱誠的心，並且樂善好施，又很有慈悲憫人的善心，時常在雞

族群裡幫忙，圓圓的表兄弟很多，當圓圓長大時，甚得雞家族的寵愛，在那時候，長得帥又追求圓圓的公雞朋友就有很多，但是說也奇怪，圓圓並不喜歡他們，而偏偏喜歡上了達達，她很同情達達的遭遇和困難，因為她聽姑姑說過，達達小時候，曾經由於濾過性病毒的感染，而長了一身的水痘，由於身體持久地發燒不退，以致於水痘蔓延全身，使得達達在成長的過程裡，會比較其他雞兄弟們來得緩慢，而且身體也較為虛弱，這一些理由，都足以證明達達並不是懶惰和不學習，況且達達是一位肯上進而很有責任感的公雞，為了幫助達達建立了信心，更由於同情心和愛心的雙重熱誠，使得圓圓鼓起了勇氣，決心幫助達達能成為大家所佩服的公雞。

母雞圓圓既然想幫助公雞達達，她的心意已經決定了，在尚未告訴公雞達達，有關於她要幫助的計畫之前，她自己必須先擬定好是什麼計畫，當計畫的主題目標擬定好後，又如何來進行，於是就必須按照目標的需要而擬出進行的方案，按照方

案準備材料和進行的步驟，如此整個計畫才會進行得順利，而達到預期的效果和目標。圓圓的腦筋裡想著計畫，以及如何按照計畫來進行，她很忙碌地準備進行了。

為了有好的思路和計劃，圓圓天天在後院花園和田園裡，前前後後地走來走去，稻草人喬治爺爺向來都是微笑地向她招招手，他對著圓圓說著：「親愛的圓圓，你好嗎？你看起來心事重重，不知什麼事情能讓你如此的憂心，每天看見你一個人，在花園與雞窩房裡進進出出，你到底在忙些什麼呢？你甚至於忙得都廢寢忘食，我可以幫你的忙嗎？」雖然圓圓心中非常感激爺爺的關心，然而為了達達，她必須守著心中的這一份秘密，於是她帶著微笑回答著：「我很好，謝謝喬治爺爺的關心。」

肯特農場附近有一座山，名叫奇萊山，山兒不高，卻非常地優美而清靜，山上有各種各樣的動物和鳥類，這些動物有如兔子、松鼠、熊、狐狸、獾、刺蝟等等，這些動物與附近的幾座農場一向相處得平安，而且也備受動物保護協會的照顧，然而唯一不同的是，狐狸向來以聰明和狡猾而有名，他又喜歡獨來獨往而不合作也不合群，所以不受其他動物以及附近農夫們的歡迎，他特別喜歡吃肉食物，尤其獨鍾於美味的雞肉。

住在奇萊山上的狐狸家族，對於肯特郡的幾座農場都非常地熟悉，尤其熱衷於到肯特農場走動，因為他知道肯特農場是以生產雞蛋，聞名於英國的許多超市和商店，農場那裡有很多不同種類的雞，狐狸知道每一種雞，品嘗起來各有其特色，農場附近的狐狸交了很多的壞朋友，住在其他山上的狐狸，時常在夜裡邀請奇萊山的狐狸到他們那兒飲酒作樂，伴著他們喝酒的食物是被烤得香噴噴的雞肉，狐狸時常帶領著他的朋友們，從其他山兒跑來奇萊山遊玩，於是肯特農場時常會受到狐狸來侵害的惡運，侵害的經歷已經持續了很多年，農場的主人安迪爺爺時常為此而感到頭痛不已，安迪爺爺每天必須來到雞農場裡觀察和點算雞家庭的成員，為了解決狐狸的侵害，他時常在燈籠花樹下來回地

走，思索著如何才能解決此難題，而安迪爺爺口中喃喃不語地說著。

圓圓是一隻非常聰明和敏感的母雞，她看見了主人安迪爺爺的徬徨與難過，她聽到母雞公雞家族的哭喊和傷心，她心中難過萬分，她希望她自己和朋友達達都能為肯特農場作一些事情。於是圓圓經過了幾天的仔細的觀察，圓圓的思路解開了，她終於想到了計畫，她有信心，相信這個計畫，就是會使達達一夜之間成了一隻英雄公雞，於是她高興萬分，不知不覺地天已經黑了，這時她才知道自己累，需要休息了，於是趕緊回到雞窩床上睡覺，整個夜裡，她沉醉在美麗的夢裡，她的臉蛋兒紅潤，並且嘴角露出了淺淺的微笑，她在夢中睡得非常的純熟。

隔天一清早，公雞達達仍然照往例地啼叫肯特農場的各個家禽起床，圓圓要幫助達達的心思既然已定，關於幫助達達的計劃，雖然尚未告訴達達，然而既然計劃已定，她就必須按照計劃進行工作。

圓圓為了使自己在工作上能夠進行的順利而快樂，對於工作的進行態度以不打草驚蛇，默默地進行為要。

首先，圓圓起得很早，依她的計畫的好主意裡，她必須使用衣服和襪子做為材料，她注意到安迪爺爺的孫女兒存放在倉庫裡，有一件橘黃色長袖子的套頭毛衫和一條橘色的毛襪，衣服已經過時也已經舊了，但是還是完好而沒有破損的，那是安迪爺爺準備想送到救難中心的，她想把這兩件東西，用口兒挾持到農場裡的薄荷樹叢下，由於圓圓的個子小，口兒也小，首先她只能先夾住毛襪拖著走到田園裡，至於有一件長又重的套頭毛衫，只好等到達達的休息時再請他幫忙就是了。

時間過得真快，當達達完成早晨的工作任務後，為了保護肯特農場的雞家族的親戚朋友們的安全，免得受到狐狸的侵略，而造成雞窩家族的損失，每天他都必須來到農場巡邏，正當他在巡邏周遭環境時，他看見圓圓嘴兒正夾著

一條長長的毛線襪，走得快而又忙碌著前往薄荷樹林，他感到萬分地驚奇，因為圓圓在中午時，向來都在雞窩場裡睡午覺，為什麼圓圓這一天中午，不但沒有在雞窩房休息，卻在忙碌一件非常奇特的怪事兒，於是達達一面喊叫一面跑在圓圓的後面直追著，達達喘著氣來到薄荷樹林，又急又關心地開口問著圓圓說：「圓圓，這麼地大熱天，你不在雞窩場裡休息，而來到農場的薄荷園裡作什麼呢？」嘴巴咬著長襪兒，身上流了一身汗的圓圓，被這一突來的叫聲感到驚嚇，她突然聽到達達的聲音是多麼的親切，並且達達帶點兒微笑的臉兒朝著她問，此時此刻的圓圓感到歡喜，縱使身體很累，但是想著自己能為達達作一點兒小事，好讓達達成功，也就覺得很欣慰。

於是她把長襪子放下，面帶著微笑，向著達達解釋著她的計畫，以及這個計畫是如何能幫助達達成功的事情，達達聽過圓圓的解說後，終於恍然大悟，為什麼圓圓在中午時，不睡午覺，而在大熱天裡不停地忙東忙西，他於是了解

圓圓對於他的愛和關心，他的心深深地被圓圓的愛心和用心所感動了，他的心中是非常地感激，他感謝著圓圓給他的是多麼充滿幸福的愛，於是他握緊圓圓的手親了一下說著：「圓圓，真謝謝你，我和媽媽永遠愛你。」

圓圓和達達盡量使用中午的時間相聚，並且趁著雞同伴們都在睡午覺的時間裡，來完成既定的計劃。達達與圓圓他們倆一前一後地夾著這一件橘黃色的舊毛衫，雖然天氣非常的熱，但是不會因此而延緩他們倆對於圓圓已經設定好的工作計劃的進行，達達和圓圓他們又使用翅膀兩翼的力量，各自在左右兩旁挾持著，他們倆用力地拖著一袋安迪爺爺前幾天鋤過的草兒，縱使草兒沉重，他們倆也已經熱得汗流浹背，達達有了圓圓這一股熱心，和誠懇的愛，和肯出力地幫忙，心中是無限的感激圓圓對於達達充分地表現的愛，圓圓努力的作了這一件事，那就是一份促使達達成功的鬥志力，那是一股無窮而強烈的力量，於是依圓圓的計畫，該準備做的事也都一一地就緒，並且他們互相整理

好的草兒，也一堆堆的被塞到橘黃色的毛衫裡，使得一件橘黃色的毛衫，遠遠地就像一隻又肥又壯的狐狸，就這樣隱藏著在薄荷樹的叢林下。

肯特農場裡的雞家族，向來非常快樂平安，但是卻有一個特別奇怪的現象，那就是母雞的數字比公雞數字多，這一種現象，會導致於很多母雞為了找對象，而彼此互相敵視和傷害，圓圓有一位遠房親戚，因為年紀比起圓圓稍小，所以大家就稱呼她為表妹，這一位表妹的名字就叫著珍珍，珍珍臉蛋兒長得非常的漂亮，有了圓圓胖胖豐滿的身材，她的年紀與圓圓相近，從小，她與圓圓和達達一起長大，她並不很聰明，但是對於任何事情她都充滿著好奇心和忌妒心，她與圓圓一樣都鍾愛著達達，這幾天來，她感覺到圓圓似乎有心事，圓圓的行動有一點兒怪異，因為當她與圓圓說話時，圓圓表現出心不在焉，於是，由於好奇心的驅使，她特別注意著圓圓的行蹤。

▲公雞達達母雞圓圓感情彌堅，時常互相幫忙肯特農場後院雜草屑的整理。

珍珍遠遠地跟隨在圓圓的背後，她躲在牆角下，看見圓圓和達達正拖著主人女兒的一件橘黃色毛衫，往農場草原的薄荷樹叢林下，她又看見圓圓和達達，他們將這一件橘黃色毛衫撐開，並且他們倆人合作地將主人安迪爺爺鋤過草的草屑整理好，一一地裝進衣服內去。珍珍是一位善於忌妒而又不懷好意的母雞，她將所看見的現場情形，一一地告訴了雞窩場裡的其它母雞們，她的七嘴八舌和一句謠言，往往就會使得雞窩場裡團隊亂哄哄，而使得母雞們嘰嘰地笑不停，說真的，圓圓和達達都不知他們的行動被珍珍給看見了，然而圓圓與達達始終認為，他們已經將計畫做得盡善盡美，一切動作按照原始的計畫，都已經安排就緒了。早在幾天前，當圓圓擬好了計畫時，就曾經到了村長的辦公室，將此次的計畫一五一十地向村長報告，她也徵得村長的同意和支持，村長就是雞親戚們裡有教養有風度的前輩，他的名字是翰姆特雞伯伯，他是鵝老師叮叮的好朋友。

第二天一大清早，公雞達達仍然照著往例叫大家起床，而圓圓就通知雞窩場裡的各個雞朋友們，來參加一場為了保衛雞家族的平安，並且頗具有意義的挑戰性的說明會，圓圓向各個雞朋友們說：「大家好，我是圓圓，請大家靜靜地聽著，近幾天來，肯特農場常常受到壞人的侵略，壞人來到我們肯特雞窩農場，謀殺了我們很多的朋友，我們的同伴死傷的人數很多，達達公雞昨天在巡邏時，又發現了一隻非常可疑的動物敵人，他似乎隱藏在附近的草叢林裡，今天一大早，達達公雞啼叫時，又看到了一個陌生的影子，在母雞窩場附近徘徊，很是恐怖，達達公雞為了大家的安全，刻在為我們執行巡邏的工作，公雞達達今天早上還在忙碌著，他要等到今天下午兩點鐘才結束工作，到時候，達達公雞將帶我們與我們的敵人戰鬥。」

圓圓又繼續說著：「此次的戰鬥，也許會面臨生命危險的事情發生，所以我們採取自願參加的申請方式，願意參加此次戰鬥的朋友，於今天上午開完會

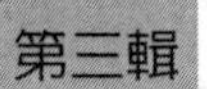

▲住在愛克薩斯郡懷德村附近的狐狸，時常到肯特農場侵襲農場裡的雞家族。

後，請到肯特雞窩農場村長的辦公室報名，已經報名參加者，就請於下午來到肯特雞窩農場的廣場裡集合，公雞達達，到時候，會帶領我們前往，對於此次的戰鬥，我們也需要母雞朋友們的幫忙。親愛的母雞們，倘若你們願意當護士或是為傷患服務，那麼，就請你們來參加我們的行列，我們非常地歡迎你們的參與，倘若你們有任何意見，或是不了解，或是有任何疑問時，都可以到我這兒來，索取簡章，或是與我交換意見，敬請大家通力合作，謝謝。」

圓圓很大方地說完了這一番話後，在場的雞朋友們都很認真地聽着，尤其眾多的公雞們，看見個子小小的圓圓，竟然能說出這麼一番有力而又耐人尋味的話，公雞們大家都拍著手叫好，母雞們心眼兒小，派系多，又善於妒忌，於是有些拍手贊成，有些則七嘴八舌，彼此議論紛紛著，然而，這些事情並不會影響整個行動的進行。又由於這一些公雞們向來都瞧不起公雞達達的愚蠢和笨拙，在他們的心中有了一致的概念，那就是今天

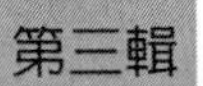

▲母雞圓圓很大方的站在台上，說出頗有說服能力的話：「參加戰鬥，也許會面臨危險，所以我們採用自願參加的申請方式。」

來參加此次的戰鬥的成員們，主要的目的都是為了保護肯特雞窩農場的安全。但是雞的種類多，每一隻雞的個性也都有不同，事實上也有一些公雞和母雞們，不僅僅只是湊湊熱鬧，而且還可以看看他們所瞧不起的達達公雞，又能使出多少的實力？這個理由已經足夠讓這麼多的公雞及母雞們，喜歡看著帶有帥氣而卻愚蠢的公雞達達的漏氣，看著由公雞達達來帶領的戰鬥遊戲，這是多麼新奇的事情，於是對於此次的戰鬥，縱使參加者都各有目的和心機，然而，公雞們還是都很興奮而拍手啼叫著：郭郭郭郭……歸歸歸歸……郭郭歸歸……母雞們則七嘴八舌地咕咕咕咕……嘰嘰嘰……咕咕咕。

隨著時間的飛逝，下午兩點鐘的戰鬥時間也到了，公雞達達雖然非常地緊張，因為向來肯特雞窩的農場的各種活動，他都只是站在旁邊幫忙，也從來沒有獨立主持過任何的活動，所以這一次是他頭一次，帶領肯特雞窩農場的雞群們，來面對著一項挑戰，雖然這一次的挑戰是真或是假，也要看敵人能否按照往例的慣例，於下午二點左右來到，對於肯特農場來說是期待也是希望，為了肯特農場，達達與圓圓需要有勇氣去面臨，他也知道雞的族群同伴裡各自有了不同的意願，姑且有些真的是有鬥志而願意幫忙，有些是來看熱鬧，也有些是根本不相信達達的能力，然而這一些都不會導致達達的裹足不前，達達相信有了自己的理念和鬥志，加上朋友圓圓的熱心幫忙，也是促使他更有信心的面臨即將發生的事情，雖然這只是達達和圓圓心中的一種秘密而所做的表演，然而圓圓和他卻把他當作是一項挑戰，而且這一次是他必須掌握成功的一次，他必須不害怕不氣餒而勇敢地面臨著。

達達心中有了圓圓的愛和支持，加上自己的信心，於是他很大方的來到集合場的眾人面前，跟大家打招呼，並且舉著一支戰鬥的旗幟鼓起勇氣對著大家說著：「親愛的長輩和兄弟姊妹們，你們好，相信我的朋友圓圓對於這一次的戰鬥已經與大家解說過了，雖然這是一項非常困難和危險的戰鬥，但是我願意為大家帶領前往，我也願意為大家作前鋒，所以請大家能給我支持和鼓舞，我相信有你們的參與，那會是最為勇敢又會是一支強有力的生力軍，我們一定會成功，所以請大家跟著我來吧！」達達的話一說完，高舉著旗幟搖晃著，此時肯特雞窩農場的雞群們大家都興奮而高興地叫著喊著：「達達公雞兄，我們願意支持你，我們跟隨著你，就請你帶路而前往吧！」於是眾公雞群們振動著翅膀，提高著嗓門，大聲地唱著：「郭郭郭郭……歸歸歸歸……郭郭歸歸……達達公雞是我們的好領隊，我們愛著他，支持著他，一起去戰鬥和挑戰，不成功非成仁，郭郭歸歸……郭郭郭郭……郭郭歸歸……。」圓圓知道愛就是力量，愛就是支持，圓圓也帶領著一群義勇軍母雞群們，在後面唱著：「嘰嘰嘰……咕咕咕咕……嘰咕……嘰咕……嘰嘰咕咕咕。」很勇敢很有力量地隨著前往。

達達公雞帶領著肯特雞窩農場的雞朋友們，來到了肯特農場的後院的圍牆邊，大家靜靜地靠著圍牆而向著牆外看著，他們遠遠地看見，在農場的薄荷樹

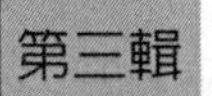

▲公雞達達鼓起勇氣帶領著雞朋友們，到肯特農場的綠野要與狐狸戰鬥。

叢下，竟然有一隻土灰而帶有橘色的奇怪動物，躺在樹叢下，眾多的雞群們實在不敢相信那會是真的，於是害怕著，達達公雞小聲地對著大家說：「你們大家都親眼看見，有一隻奇怪的動物，躺在肯特農場後院的薄荷樹叢林下，為了大家的安全起見，請大家靜靜地不要出聲，勿叫勿喧嚷，首先就讓我獨個兒前往嘗試探望，大家不要害怕，倘若我與他戰鬥了，有需要幫忙時，我會叫著三聲而呼喊著你們快來幫忙……。」

說實在的，達達公雞心中害怕和緊張，但是，為了愛與為了族群親戚朋友們，對於他的能力的看法能夠有所改變，和增加對於他的信任，以及為了整個雞家族的安全，此時此刻就要與敵人拼命，無論是真是假是危險或是困難，或是心中有多恐懼和害怕，達達公雞都必須去面對，此時眾多的公雞群們都小小聲而齊聲地說著：「達達公雞兄，難為你了，就請格外地小心吧！有需要我們幫助時，就做個信號，我們大家就會飛快地前往幫忙和救難。」

於是，達達公雞振起了翅膀，鼓起勇氣，很勇敢地往著薄荷農場的方向前去。母雞圓圓縱使擔心著達達公雞是否能夠勝任這一項艱難的挑戰，然而對於達達公雞，她必須給予更多的愛心和信心，來幫助著他勇敢的面臨，好讓眾多的雞族群長輩以及同輩朋友對於達達公雞能力的認可，於是當達達目光瞄向圓圓時，她眼明手快地與達達公雞示意，好讓達達公雞勇敢地前往。

一隻褐色而帶點兒灰色的狐狸，自從昨日侵襲肯特農場附近的一家小雞場，捉了幾隻母雞，由於貪心地囫圇吞了幾隻雞後，身體頓然覺得笨重無比，走在天色夜晚的農場薄荷樹叢林下，不知不覺地就躺在舒適的橘黃毛衫裡而睡著了，在溫暖舒適的陽光照耀下，他睡得非常地純熟，還做了一場大口地咬著小雞而窮追一群母雞的夢……狐狸正夢得高興，突然，他意識到好像有了一個腳步聲往他的方向走來，於是他醒了，而睜開了眼睛，但他似乎有一點兒緊

張，於是他再閉上了眼，假裝睡在這一溫馨的橘黃毛毯床上，卻靜靜地等待著侵襲者的來臨……。

天生膽量很小的達達公雞，心裡很是明白，遠遠躺在橘黃毛衫上方的那隻土黃而帶橘色的狐狸，是他和母雞圓圓所做的產物，然而他仍帶著兢兢業業的心情前來薄荷樹叢林下，在路上，他一面走一面想著，倘若此時真的有了一隻狐狸要來侵襲著肯特農場，而他是第一位碰到的公雞，那麼，他應如何來對付那頑固不恭，而又奸詐狡猾的狐狸呢？達達公雞的擔心和害怕，此時此刻只能算是在腦子裡有了一閃而過的想像，事實上，達達公雞的勇氣和奮鬥的毅力是多麼地堅強，為了肯特農場雞窩群裡，大大小小的雞兄弟姊妹們的安全，達達深深了解，從小媽媽對於他的鼓勵，而現在又有母雞圓圓對於他的關心與愛的奉獻，圓圓關心他是多麼地無微不至。達達公雞心中有了這些力量的支持，他昂起頭來，勇敢地往前踏行，不再畏懼也不再害怕，他意識到今日的努力就是

奠定將來成功的基石，今日不好好的表現，還等待到何日何時再來為雞群社會奉獻呢？而且縱使不成功也得成仁，於是，他鼓起勇氣，勇敢而快速的加緊了腳步直往前面行進著。

當達達公雞快到薄荷叢樹林時，他看見了躺在草地上，自己與圓圓所做的褐灰色的狐狸竟然會動，他不敢相信自己的眼睛，是不是風的吹動所引起了橘黃色的毛衫動搖著，抑或是真的有一隻狐狸，就躲在這一件橘黃色的的毛衫衣下，他愈走愈近而且愈覺得不對勁，也許真的有一隻狐裡就睡在這兒，此時他先機警地環繞著薄荷樹叢一圈，仔細地再瞧一瞧，確定自己的眼睛所看見的事實，那就是有一隻狐狸正睡在這一件橘黃色的毛衫衣裡，經過這樣的確認，此時他的心裡已經有數而更明白了，他知道眼前真的是一隻活生生的狐狸睡在那件他與圓圓準備好的橘黃色的毛衣裡，如今面對著一個意想不到而又是事實的事情，縱使他的膽子小，他也必須面對著，他知道他必須有所決定和採取必要的行動，於是他壯了膽子決定與這一隻土黃帶點褐灰色的狐狸戰鬥了。

狐狸聽到了腳步聲漸漸地走近，他心裡想到了今天又有了晚餐，而且是自動地送到他跟前，他心中是無比的快樂和歡心，當狐狸聽見達達公雞漸漸地走近，雖然他已經很激動，也沒有耐心地，一直躺在這一件橘黃的毛衣衫下了，但是，狡猾的狐狸，他還是假裝地睡在地上，以等待好時機的來臨，他很有耐心地等待著……。

達達公雞，他自己壯了膽子慢慢小心地走走，來到這一件橘黃的毛衣周圍環繞著，他不敢相信自己的眼睛，真的看見有一隻土黃帶點褐灰色的狐狸，躺在這一件橘黃色的毛衣下睡覺，他不敢走得太大聲，此時，坦白地說他是有一點兒害怕而猶豫不決，更不敢輕易地走得太近，然而，事到臨頭，他必須勇敢地面對著，於是，他鼓起勇氣往前靠近，他緊張，兩隻腳兒抖著，慢慢地接近橘黃毛衣旁，他用腳指試探著能否踢開橘黃的毛衣，突然間，狡猾的狐狸

躍身而起，提高了他的雙腿，狐狸露出了他的長又銳利的爪趾，張開了他銳利的牙齒欲撲上達達公雞，達達公雞展開翅膀猛一飛起，並強有力地反撲在狐狸的背上，使用他的雞爪趾在狐狸的身上猛踢，當狐狸反身欲咬住達達公雞的脖子時，達達公雞手腳兒快速地躍起，使用他的尖銳彎鉤的雞嘴攻擊著狐狸的雙眼，狐狸的雙眼受傷了，狐狸與達達公雞雙方戰鬥時餘，而不能平分上下，躲在農場牆內的其他公雞及母雞群們緊張著，大家目不轉睛，並大聲地為達達公雞加油，母雞群們更是為達達公雞而捏了一把冷汗，由於狐狸的雙眼因受到達達公雞的傷害，狐狸此時感覺到他的雙眼疼痛而視覺漸漸地模糊，他的身體也被雞爪趾抓得受傷疼痛，他意識到自己不能再繼續戰鬥了，他扒在公雞身上的雙腿兒迅速地滑落，他發出痛苦的尖叫聲，腳兒一拐一拐癲癲簸簸快速地跑開薄荷樹叢林，而遠遠地離開了肯特農場。

▲公雞達達展開翅膀，猛一飛起強有力的反撲在狐狸的背上，使用牠的雞爪趾在狐狸的身上猛踢，用他尖銳彎鉤的雞嘴攻擊狐狸的雙眼，狐狸終於受傷了。

雙眼疼痛而全身又受傷的狐狸，快速地離開了肯特農場薄荷林園，達達公雞的眼部及雙翼也有莫大的受傷，他疲憊地躺在地上，此時站在肯特農場牆圍旁的眾多公雞母雞群們，立刻意識到達達公雞的受傷，於是大家拍起了翅膀，飛快地衝出了牆圍，哄擁而上地抱起了受傷的達達公雞，並且把他給抬了起來，大家七嘴八舌，大聲地你一句我一句地唱著，高聲喊叫著：「郭郭郭…歸歸歸…郭郭郭…歸歸歸…郭郭郭…歸歸歸……郭歸郭歸郭歸……郭郭郭 歸歸歸……達達公雞是英雄好漢。」

圓圓對於達達公雞的聰明和及時應變深表讚美，她對於達達公雞能勇敢地面對著敵人，而不畏懼和害怕，感到了高興和欣慰，又看見達達公雞勇敢地承受著受傷痛苦的折騰和能耐，使她更為深深地敬佩，她知道達達公雞的戰勝，是一項成功的表現，是值得大家來慶祝的，她對於達達公雞的愛是多麼深又多麼地濃，她也知道達達公雞也深愛著她，此時圓圓卻害羞了起來，她反而不知道如何來面對著這麼多人，況且雞伯伯叔叔阿姨們也都在這兒，她更不知如何

來向達達公雞，說聲祝福及恭喜的話，此時她沒有跟著族群擁向了薄荷園，她會心微笑而快速地默默離開了現場。

達達公雞身受重傷而有氣無力的躺在地上，圓圓知道她必須趕快去做的一件重要的事情，就是快點兒請貓頭鷹醫生來到雞家族醫院為達達公雞療傷。於是圓圓提快了腳步，來到後院農場的麥田園裡，尋找著貓頭鷹醫生，希望醫生能夠快點兒來到雞園醫院，及時趕得上大夥兒抬著嚴重受傷的達達公雞進了醫院，而不致於耽誤了時間，能夠救救達達公雞而使他早日恢復健康。

受傷的達達公雞，經過一個月的療傷後，已經漸漸的恢復了健康，而且也起得早，來為肯特農場的雞窩場，做了最好的服務，突然間，當達達公雞啼叫時，他的聲音和往日特別的不同，是多麼響亮，是多麼有力量，是多麼有磁性而吸引人，是多麼親切而又受歡迎，達達公雞為肯特農場的雞群們服務，他甚至於更高興也更賣力地啼叫著。他強有力而宏亮的啼叫聲是：「郭郭郭⋯⋯

歸歸歸…郭郭郭…歸歸歸…郭郭郭 歸歸歸……郭歸郭歸郭歸……郭郭郭 歸歸……。」大家快快起床吧！

如今達達公雞的啼叫聲，普遍地受到肯特農場其他動物們的喜愛，肯特農場的小豬們一聽到達達公雞的啼聲，立刻起床吃完早餐，高興手拉著手上學了，鴨子們也因為聽到達達公雞的叫聲，而努力的排成一字行的隊伍，往學校的方向前進，小雞們更是高高興興地背著書包嘰嘰喳喳，又是嘰嘰嘰地上學了。肯特農場的小動物們，勇敢的多麼盼望自己快快地長大，將來也能像達達公雞那樣，是一位勇敢的英雄。

達達公雞的母親安妮，雖然知道達達公雞，深深地愛上了圓圓母雞，但她還是尊重兩位年輕雞兒的意見，她關心著他們倆是否相愛，是否願意生活在一起的確定，她喜歡圓圓作為她家的媳婦，她知道圓圓的家庭教育是非常的好，她又是一位聰名而又乖巧的雞兒，她懂得敬老尊賢，也懂得如何照顧家老及家

小，她會是一隻很好的母雞媳婦，她希望圓圓真的能作為她家的媳婦兒，她將撮合圓圓與達達公雞的結合，於是在一次的家庭聚會裡，她在達達公雞的爺爺奶奶，以及外祖父和外祖母等親朋好友們的面前宣布，達達公雞與圓圓的戀愛故事，希望能夠得到各個長輩們的歡迎與祝福，經過達達公雞的母親的關心，同時徵求達達與圓圓的同意，雞家族的親戚們通力合作地將雞窩房佈置得很漂亮，選了一個黃道吉日，達達與圓圓在很熱鬧的氣氛裡，接受眾多親戚們的祝福下結婚了。

於是，這一位年輕美麗的雞女兒，就這樣地成為達達公雞的媳婦，一個新而又備受歡迎的雞家庭，接受了成千上萬的雞家族歡迎與祝福，肯特農場到處充滿著喜氣洋洋，快樂歡心。

如今，肯特農場是一個非常安全又充滿著喜氣洋洋的農場。

第四輯

蕾恩山莊的天使

蕾恩溪森林

芭芭拉山是約克郡內一座山勢高而又雄偉的山，蕾恩溪是一條清澈涓涓的小溪，位於約克郡的西北部，它是著名幽默河上的一條支流，它蜿蜒崎嶇地沿著高山和小丘陵，自高而下湍湍不停地流著。山上有一座森林名叫蕾恩溪森林。蕾恩溪森林也因為這一條溪而著名，森林茂密，森林隨著氣候的變化，而顯現四季分明的景色，冬天會下濃濃厚厚的白雪。

蕾恩溪森林裡有終年蒼翠蔥鬱的松樹，樹齡都已經有幾百年的歷史，有粗壯而豪邁的橡樹，挺拔的白楊樹，高聳入雲而排列整齊的槐樹和榆樹等，這些樹帶給大地新鮮的空氣。

芭芭拉山高峻起伏連綿，沿著芭芭拉山的蕾恩溪，多麼地清澈，茂密的蕾恩溪森林供給動物們有了優越的居住環境，這些動物有如在地上行走的熊、狐

狸、松鼠、花鹿、山羊、野兔、羚羊、以及在天上飛行的鳥類等等，這一些動物和鳥類們每天都過得快快樂樂、和睦相處而平平安安。

森林裡有各種各樣的鳥兒，這一些鳥兒喜愛在高大的橡樹上築巢，有如喜鵲鳥和烏鴉，有的鳥兒喜愛住在較為濃密的榆樹林裡，有如杜鵑鳥和貓頭鷹等，更有些鳥兒習慣築巢在花園的樹叢裡，這些鳥兒像鴿子、金絲雀和麻雀鳥等，金絲雀鳥兒喜愛與農夫和農夫的家人作朋友，與農夫們最為親密，她唱起歌來輕脆甜蜜，金絲雀的歌聲是多麼悅耳動聽，是很受人類歡迎的鳥兒，又有些鳥兒喜愛築巢在花園的小屋簷，這些鳥兒有如燕子。

燕子們長得美麗而輕盈，羽毛的形狀很像一把剪刀烏黑而亮麗，淺乳黃或是乳白的肚顏，帶有粉紅色的嘴唇，飛翔的姿勢美而速度快，燕子的習性是喜愛簡單樸素，只要居有定所後，就不隨便更換屋宇而搬家，小屋雖然簡陋，但

是燕子們卻不嫌棄，而居住得安然自在。燕兒會吃蚊、蠅等害蟲，他們是一種益鳥，天生最怕冷，喜愛熱帶地區，是最富有感情的鳥兒。

各種的鳥兒都會選擇，自己喜歡而適合的大樹來居住，甚至於小小的樹竹籬或是樹叢林，也都是有小鳥喜歡棲息的地方，只要是環境好，安靜而空氣新鮮的地方，都可以看見漂亮的鳥兒，鳥兒有很多種類，他們和人類一樣，喜歡群居，也喜歡交朋友，不同種類的鳥兒，只要是興趣和喜好相同，縱使不同的族群也都會有相聚的時候，尤其喜歡到處遊覽和到處唱歌的小鳥們更容易交到好朋友。

珍妮的想念

住在芭芭拉農場裡的金絲雀名叫珍妮，與住在蕾恩山莊的燕子莉芬是好朋友，小燕子莉芬在去年的秋天時，與珍妮家人和農夫們說再見後，就舉家遷徙到熱帶的非洲地方，燕子們是一種候鳥，所以每年都必須冒著生命的危險，飛越高山，橫越海洋，飛了幾千萬哩的旅程，才能回到熱帶的故鄉——非洲大地，在那兒，他們與眾多的野生動物們度過稍熱的秋天和冬天，當春天來臨時，燕子們仍然必須循著原來的飛行路線飛回到英國，倘若明年小燕子莉芬一家人沒有回到蕾恩山莊的「傑克小屋」，就表示燕兒已經凶多吉少，所以那就是蕾恩山莊主人農夫約翰和珍妮，為什麼對於燕子莉芬一家人和她的親戚朋友們，充滿著想念和擔心的理由。

在去年的中秋節裡，住在英國的金絲雀珍妮，曾經接到小燕子莉芬在故鄉非洲結婚的消息，因而為之高興不已，珍妮編結了一串美麗又高雅的梅花項鍊，送給小燕子莉芬，如今這項喜事也已經過了半年，在這半年裡，珍妮也結了婚，並且也育有兩女一男的小金絲雀兒。

燕子拜訪非洲動物園

燕子莉芬與家人和親戚們，在非洲過著愉快的寒假生活，非洲有大大小小的動物園，莉芬時常飛到住家附近的非洲國家野生動物園，在那裡，她喜歡與在非洲的野生動物們話家常，這些野生動物朋友們因為有了莉芬的時常拜訪，頗為愉快而不覺得孤單，動物們與莉芬相處的時候，時間總是過得特別的快，再過些日子，莉芬與家人和親戚們，就要準備著回到歐洲的英國老家，蕾恩山莊的傑克小屋，燕子莉芬趁著漫長的假期裡，特別飛到位於約翰尼斯堡的國家動物園拜訪。莉芬帶著栗果巧克力和餅乾來到動物園裡，她與老虎、長頸鹿、猴子、大象等動物們說些祝福的話，並且也傳達，住在倫敦動物園裡的動物們的問候和請安。長頸鹿將長長的脖子低下來，仔細地聽著莉芬對於歐洲各國的描述，大象更是搖晃著他的大耳朵傾聽著，老虎冬冬和太太佳佳和幾隻小老虎

們，圍繞在莉芬的身旁，問東問西而話不停，他們真感謝莉芬的仁慈與人和睦相處和熱心，並且帶回來了不同國家的信息，他們也像其他國家的動物們一樣期望著世界的和平相處。

小燕和動物們暢談了很久，不知不覺地，紅紅圓圓的太陽就要下山了，小燕快點兒告訴動物們，自己再過些時候，就要啟程前往歐洲，而回去英國「傑克小屋」的消息，由於時間的匆忙，恐怕沒有多餘的時間再前來拜訪，於是她必須與這些動物長輩們說聲再見，動物們聽到這消息後，他們都捨不得莉芬又要離開，然而天下哪有不散的筵席呢？況且燕子們是候鳥，需要隨著季節的更換而遷徙他鄉，更何況他們還是會再回來非洲的，於是，老虎冬冬特別代表動物們請莉芬務必將他們的關心，和問候的口信，轉達給倫敦動物園裡的動物朋友們，他們更關心熊貓一家人的生活與起居，莉芬答應為之效勞，並欣喜的接受他們所賦予的使命。

準備回程

莉芬在非洲與野生動物園裡的各個動物們說再見就快快地回家了。在家裡，她就與家人商量為前往歐洲大陸而需準備的行程和事項，由於從非洲飛到歐洲的旅程頗遠，估計必須花了將近兩個月至三個月的時間，所以需要及早準備著行李，為了使她的好朋友金絲雀鳥兒珍妮，能夠早知道他們的行程，莉芬在出發前，預先郵寄信函給珍妮，和傑克小屋的主人摩登貝克稻草人，報告她們返回英國的鳥數和行程，以及回到英國的大約時間，同時她也另外寄了一封信給蕾恩山莊的主人約翰，感謝約翰伯伯能夠將傑克小屋，整理乾淨和加以擴建屋宇，並且也希望他能為他們一家人，準備一些稻草和泥巴，好讓燕子們回來後能夠住在傑克小屋，以及增添幾間房間。

信息的來臨

聖誕節和新年的假期早就結束，濛濛的天氣帶來了濃濃厚厚的雪，冷颼颼的日子還在持續著，二月裡的情人節就要來臨了，商店以及花店都掛滿了節慶的標語，雖然天氣仍然很冷，太陽微微笑地，從東邊的芭芭拉山頭上冉冉的升起，帶給整個市容顯出祥和而情意綿綿。金絲雀珍妮是一隻非常勤快的鳥兒，她很早就起來唱歌，她的三隻小金絲雀兒仍然臥在床上睡覺，她遠遠地看見郵局的伯克爺爺，背著一個袋子，趕著路分送著信，珍妮想著：「這些信想必是遠方朋友們帶來的信息，抑或是東方國家的親戚為豬年祝賀好運的信。」

金絲雀珍妮，高高的在樹上唱歌，她看見伯克爺爺面帶著微笑，急急忙忙地將各個家庭的信，一一地投入信箱裡，她遠遠地看見伯克爺爺也來到她自

己的家，敲著門，並且投入了一封藍色的信在信箱裡。伯克爺爺他很肯定地知道金絲雀一定不在家，因為他知道，珍妮習慣於很早就出去芭芭拉山散步和唱歌，所以他也不多費時逗留等待珍妮的回家，而快快地去別家送信了。

珍妮回到家裡，果然看見一封遠從非洲寄來的信，那就是她日以繼夜期盼的莉芬寫給她的信，她非常地高興而跳躍著，回到屋裡就急急忙忙地把信打開，而閱讀著……

燕子莉芬寫給金絲雀鳥的信是如此地寫著：

親愛的珍妮

你好！好久沒有寫信給你，你和家人都好嗎？

我是燕子莉芬，春天將要來臨，天氣也漸漸的暖和起來，我和家人在非洲生活也有半年之久，我們都很想念你們以及我在英國的家。

在非洲過完聖誕節和新年，我和家人在最近的時間裡，將會有一個長程之旅，那就是我和孩子，以及我的父母和親戚朋友們，將要回到我們住的英國老屋「傑克小屋」。

由於這是一個非常遠距離的行程，所花費的時間，將會有兩個月至三個月之久的時間，我預先將我的行程表和經過的國家以及到達英國的時間，事先寫信通知你，我同時也將這一份時刻表，寄給傑克小屋主人摩登貝克稻草人爺爺，以及蕾恩山莊主人約翰伯伯，好讓他們能為我們作更好的準備。謝謝！

我希望能很快的與你們見面。順祝

身體健康

萬事如意

你的朋友　小燕莉芬 敬上

二〇〇七年一月三日

珍妮仔細的閱讀著莉芬所寄來的信，她擔心莉芬在這三個月的行程裡，將面臨的困難和危險，她的翅膀合十地跪下來向著神祈禱著，並且她數算著日子，牢牢地記得小燕莉芬回到英國傑克小屋的大約時間。

她希望明天很快的來到，好讓她快點兒向蕾恩山莊的傑克小屋摩登稻草人貝克爺爺和約翰伯伯會面，告訴他們，小燕子莉芬快回來的消息，同時她也可以藉此與摩登爺爺和約翰伯伯祝福平安和話家常。

春天的來臨

經過了寒冷的冬天後，隨著四季的更替，天氣漸漸地轉為暖和，金絲雀鳥珍妮看見他們住的小樹，長出了很多的小花苞，這些不同種樹的花苞裡，最為堅強而耐寒的花，當然屬於梅花了，滿樹的紅色和粉色的花兒，增添了花園熱鬧無比。

芭比農場的廣場，放眼一看，作為擋風樹牆的梨花樹，開著一大片紅艷艷的花兒，花園裡的草坪點綴著紅，黃，白，紫，藍相間，開得滿繁華的番紅花，整個花園襯托得美麗而頗為有特別的韻味，芭比農場的另一山頭也開滿了白雪似的花，那些花好像是李花，因為從小媽媽就對她說過，李花白桃花紅。在公園的廣場裡，愛熱鬧的水仙花一排一排地列隊在人行道上，它們像是排著隊伍，舉起了喇叭，吹奏著貝多芬的田園交響曲。芳香遍地的花兒盛開著，引來了蜜蜂到處嗡嗡的聲音，蝴蝶飛舞在花叢間，更顯得其姣小身體，和有了美麗輕盈的飛姿。

珍妮自從當了金絲雀兒媽媽後，天天總得撥出時間，帶著小金絲雀鳥兒，來到花園附近與傑克蘋果樹打招呼，並且也在傑克蘋果樹上唱著悅耳的歌，和試著飛行，小金絲雀兒非常地乖巧，他們活活潑潑地跟著媽媽學唱歌，他們也時常聽到媽媽提到阿姨莉芬燕子，他們和媽媽珍妮一樣期待著燕子阿姨和她的

孩子小燕子表姊、表妹們很順利而平安地回到英國的「傑克小屋」。他們一起想念關心著，大家都熱誠地期盼著。

傑克小屋

金絲雀兒珍妮想念著燕子莉芬，她數算著日子，該是燕子莉芬回到英國芭比農場的時候了，為了確認燕子莉芬的居住環境的優雅和安全，金絲雀珍妮趁著小金絲雀鳥兒遊玩的時候，她抽空來到燕子莉芬曾經居住過的小屋探詢，那就是位於蕾恩山莊，莊園內的一間非常精緻的小屋，小屋的名字叫著「傑克小屋」，傑克小屋的主人，曾經是蕾恩山莊，莊園主人約翰的芭比農場，田園裡的稻草人傑克所擁有，芭比農場休耕時，傑克偶而會住在這一間小屋裡，過著整個冬天的日子。但是自從稻草人傑克，成為一棵茁壯的蘋果樹後，傑克小屋

也因此更換了主人，如今「傑克小屋」的新主人，是一位名叫「摩登貝克稻草人」所擁有了。

金絲雀兒珍妮，來到傑克小屋前的一棵粉紅色的櫻花樹旁，她覺得這地方非常地親切，她看見窗戶及門檻仍然緊閉著，她確定小燕子莉芬一家人仍然還未回到英國，於是她飛躍到小屋窗邊的一棵開著紅色燈籠花的樹枝上，她伸出長長的脖子，從窗外往內探視，只看見小屋內美麗的床鋪上躺著摩登貝克稻草人，貝克爺爺還蓋著一席頗為漂亮亮的紅花絲棉被，貝克爺爺的睡姿挺瀟灑，而臉顏還面帶著微笑，珍妮知道摩登貝克爺爺長年在農田裡忙碌，只有冬天才有了漫長的休息，但是一到了春天滿樹繁花，芭比農場的主人約翰又要春耕，到那時候，貝克爺爺就要開始整年的忙碌，珍妮也知道貝克爺爺有睡午覺的習慣，所以當她看見爺爺仍然躺在床上時，珍妮也不覺得奇怪，更不會去打攪著他了。

她也看見小燕的管家先生，蜘蛛保羅叔叔和她的太太淑芬姑媽，仍然睡在那間小小的網屋裡，由於天氣還是冷颼颼，他們還很安逸地過著寒冷的冬眠時間，所以珍妮也不上前搖醒著他們，而只將他帶來要給蜘蛛保羅叔叔和他的太太淑芬姑媽的小蚊、小蒼蠅等等禮物，放在門前，珍妮自己安靜地在傑克小屋的四周圍環繞而巡視著。

珍妮巡視傑克小屋的四周圍，她覺得傑克小屋雖然有一點兒舊，但是房子還算是堅固，屋內屋外頗為乾淨整潔，屋內寬敞，工作檯上擺滿行行色色的糖果和餅乾的紙盒子、瓶罐、鐵罐等等東西，屋內擺放的東西雖然很多，但是非常的有秩序。瓶罐上面畫著花鳥的圖畫，那些圖畫看起來很像法國的印象派畫，鐵罐有很多種，鐵罐稍有腐蝕，但是仍然看得出它們的圖案，例如有一個鐵罐盒子上面有了無敵鐵金鋼的大金鋼圖畫，珍妮記得那是隔壁林爺爺送給約翰伯伯的孩子名叫達達小朋友的禮物盒子，她也知道這是達達最為喜歡的巧克

力糖果罐，珍妮看見了糖果罐，就回憶起了一件往事，她還清清楚楚地記得，那些糖果曾經被達達打翻倒在地上，珍妮依稀記得達達哇哇大哭的可憐相，珍妮還看見屋內的幾幅美麗的中國畫，和法國印象派梵谷的向日葵畫，貼在傑克小屋的牆壁上，那是約翰的畫家朋友芭芭拉送給他們的複製品，珍妮看得都目瞪口呆了。因為這房子雖然是個小屋，然而裡面的設備，和佈置卻是非常地舒適可愛，很適合摩登貝克稻草人和小燕子一家人的輪流居住。

珍妮自傑克小屋回家後，對於小屋仍能保持它的乾淨和舒適，心中頗為寬慰而感到心安，她心中也頗為感謝蕾恩山莊主人約翰伯伯，對於小屋的整理和維持舒適妥當。

學習的日子

春天的早晨天氣總是陰晴不定，卻非常的暖和舒適，今天天氣非常地好，太陽早早地撥開了層層的白雲，而露出了微微的笑臉，照亮著整個天空呈現著五光十色，層層片片的彩帶，頗為美麗，公雞安迪早就起床而啼叫著最為響亮的一聲，母雞仍然保護著小雞們在雞農場裡睡覺。珍妮仍然像以往的日子，追逐著可愛的太陽，帶著小金絲雀們，來到芭芭拉山上學習唱歌，珍妮發揮母愛，很有耐心地來教導小金絲雀鳥，唱出最為好聽的歌，他們的歌聲吸引著無數早起人們的讚美。

晴朗的天空，太陽照耀著大地，滿是金黃閃爍，四周有了清新的空氣而且充滿著朝氣，微微的風兒吹來了暖和的陽光，令人感覺舒適，珍妮知道這是來教導自己的兒女唱歌的最好的時辰，也是教導小金絲雀們，如何來捉

▲金絲雀珍妮時常帶領著小金絲鳥兒，到鄰近的芭芭拉山的橡樹上，學習唱歌和飛行。

小蟲填肚子的基本生活小技，同時也是珍妮教導小金絲雀們學習飛行的最好時刻。

小金絲雀們對於唱歌，捉小蟲和飛行的學習，頗為認真，但是在學習的階段，不免會提出好多好多的問題來問媽媽珍妮，大金絲雀鳥名叫喬治，對於學習，總是有板有眼地像個大哥哥的模樣，他問著媽媽珍妮說：「媽媽，我是男鳥，我是不是必須吃得多一點，才會長得高壯些，才能唱出粗壯的歌聲？」，珍妮很高興而又很和氣地對著男兒喬治說：「是的，我的小乖乖，你就是要像你的爺爺和爸爸那樣，吃得多長得壯而努力地學習飛行，和學習快速地能捉到大蟲的技巧，同時你也必須努力跟著媽媽學習唱歌，你的歌聲必須是豪邁粗壯，有了男孩子的氣概，你的歌聲還要具甜美悅耳，如此不斷的學習，當你長大了，才能討好美麗的金絲雀兒的喜歡。」

嬌小玲瓏的小女金絲鳥兒名叫美吉，最沒有膽量，時常為了捉一隻小蟲蟲，就必須躲在小樹葉兒後面，因為她看見了小蟲蟲就害怕，而又不忍心的捉著正在哭泣找媽媽的小蟲蟲來吃，但是當他跟著媽媽學習唱歌和飛行時，卻非常地認真學習，小美吉總是問著媽媽說：「親愛的媽媽，我要怎樣學習唱歌，才能把歌唱得好，將來才能像媽媽，能唱出優美而悅耳的歌聲來吸引人呢？」

小美吉又繼續說著：「親愛的媽媽，我又怎麼樣學習飛行，才能像你一樣飛得快而姿勢也很美呢？」小美吉又繼續地問著珍妮媽媽：「親愛的媽媽，我要怎樣保持我的身體很苗條又健美，而且有美麗的羽毛，將來才能吸引很多的男鳥兒對於我的青睞呢？」珍妮媽媽對於這一位小女兒特別的愛憐又特別的喜歡，對於小美吉每天有了不同的問題，珍妮媽媽不但不會生氣，而且她總是面對著笑容一一地回答，珍妮很有耐心的對著小美吉說：「我的小親親美吉，當你說話時，就必須輕聲細語，當你唱歌時，就必須提高你的嗓子，唱出最為柔美的歌聲，而你的聲音並不是從你的喉嚨發出，而是從你的肚子裡輕輕地唱出聲音

來，如此聲音才會圓滑而好聽，當你與朋友說話時就必須輕聲細語，說話是慢慢地而又有禮貌的態度，女兒家就必須表現得有氣質，大大方方的而不拘束，並且也要有小家碧玉的氣度，不可粗理粗氣的像男孩。」小美吉回答著：「是的媽媽，我會認真地向媽媽學習，作為一個金絲雀鳥兒的乖女孩兒，並且也會是最為漂亮而又吸引人的小金絲雀兒。」

好人好事

莉芬燕子一家人這一次的回英之旅，是一個長時間的行程，他們對於此次的旅行，估計需花費兩個月至三個月的飛行時間，同時旅途中非常的辛苦，也會遇到各種的困難，在這麼大而又遙遠無際的天空中飛行，莉芬自己及家人和親戚們，都要歷經多次的颱風和颶風的侵襲，很是危險，燕子們需要毅力去面

對著自然侵襲，接受挑戰，這一些挑戰倘若是失敗，就要面對著死亡的命運，然而，倘若能成功地接受，就會屢戰屢勝。

對於莉芬來說，這一次的回程，更是艱辛而責任重大，由於莉芬的父母年紀大，莉芬旅途中，除了需照顧自己的三位幼稚的小雛鳥外，還要照顧年邁的父母，同時又加上自己身體有稍不適，所以當他們飛行經過了幾個國家後，他們希望能找到那些國家首都的古堡屋而飛下來休息，以及順道作了觀光。飛行的旅途中，莉芬對於自己的父母及小孩除了必須盡了應盡的責任外，還需要特別給予他們關心和愛心。

旅途中雖然辛苦，然而，莉芬也遇到了幾件事情，這些事情，讓莉芬做了好人好事，而使人感動的故事；比如我們來說一說其中的一件故事吧，有一天當他們飛行到了西班牙的首都馬德里停留時，他們聽說西班牙的鬥牛比賽很好看也很有名，鬥牛場的場地是非常的大而寬敞，於是他們一夥兒就飛到鬥牛場鄰近的著名古堡棲息，當天天氣非常的晴朗，也非常地熱，他們看見鬥牛

場內，看表演的觀眾特別的多，鬥牛場外面也有很多的觀眾是扶老攜幼的來觀賞，很多父母帶著自己的兒女，擠在售票口旁排隊購買票，當第一場節目表演結束後，由於天氣突然下著毛毛雨，觀眾沒有依序地排隊退席，卻爭先恐後地你擠我推的退出觀看的場地，可以說秩序是非常地亂，突然間，莉芬看見了一個身穿斗篷紅色小洋裝，長得可愛的小女孩，正在哭著喊著找人，莉芬聽到小女孩哭叫著：「爸爸、媽媽，你們在哪裡？」莉芬眼睛很亮麗地認得出來，她好像是一位穿著粉紅色紗衣裙而頭戴著草帽，長得年輕又漂亮的媽媽的女兒嗎？莉芬在早上時，還看見這位媽媽牽著這位小女孩，排著隊伍等著買第一場票呢，那時候，小女孩看見莉芬與燕子兒女們正在廣場上飛行，莉芬並且還聽到小女孩還高興地喊著叫著：「美麗的小燕子，你有美麗的翅膀，我和爸爸媽媽都很喜歡燕子，我們家有一個大花園，我的爸爸是一位音樂家，他的名字叫做楊威廉，歡迎你們飛到我們家的花園玩吧！我爸爸和媽媽會很喜歡你們的。」

然而，鬥牛戲看完後，就在這一個時刻裡，莉芬卻聽到與早上看見相同的小女孩在廣場的西面哭著尋找媽媽，燕子莉芬聽得可真難過，於是她趕緊飛起，而巡視著廣場四周圍欲散的人潮，經過多次環繞巡視，很幸運地，她看見遠在廣場的人群裡，有一對似曾看過的夫妻，也在大聲地喊叫著：「小梅梅你在哪兒呀！爸爸和媽媽正在找你，你在哪裡？」在這麼熱的天氣裡，小女孩的媽媽為了尋找女兒，緊張得滿臉是汗，她將小絲巾拿在手上，正要擦汗時，突然有了一陣風吹過來，小絲巾掉到地上，於是莉芬趁這個機會將小絲巾很快地用她的嘴喙銜住那位媽媽的小絲巾，莉芬於是很緊張地對著小女孩的爸爸示意叫著，就這樣那位聰明的媽媽，就跟著小燕莉芬所銜住的圍巾追逐著，皇天不負苦心人，小女孩終於找到了媽媽和爸爸，而且很快地被她的親愛爸爸和媽媽緊緊地抱在懷裡。於是莉芬很快地回到地上，償還了那位美麗女士的小絲巾，仁慈又聰明的莉芬，她做了一件令人感動的好人好事，也表現了使人感動而令人難忘的畫面。

莉芬是一隻很有感情的小燕子，她時常看到一些感人的場面，而使得她感動得流下了眼淚，此刻小女孩和爸爸媽媽他們圍繞在莉芬的身旁，很感謝地說出感激莉芬的話兒，他們夫妻倆點著頭，說出非常感人的話：「小燕子謝謝你救了我們的孩子，我們很喜歡你有了如此靈敏，而又有機智的頭腦，和美麗又靈巧的身體，並且又有仁慈的愛心，我們就住在英國倫敦麗晶公園附近的麗晶古堡，我們除了很感謝你救了我們的小女兒外，並且很虔誠地歡迎你和你的家人來到我家玩。」

平安到家

莉芬一家人和爸爸媽媽及親戚們，經過了長途的旅行，他們就快要回到家了，他們看見了英吉利海峽是那麼寬闊，海水的湛藍，與藍天白雲相輝映。海峽兩岸有綿綿的山峰和濃濃密密的綠樹，莉芬一見了這麼美麗的景色，她喜歡而又感到非常的親切，他們一夥就在多佛港口稍停歇，一來可以拜訪住在港口

附近，名叫亨利海鷗的家族，二來可以目睹一位以極短的時間，從英國橫越英吉利海峽而到法國的英國著名的游泳健將，喬治先生的風采，同時也可以聽到在海上航行大船的搭搭聲。

莉芬與家人停留在多佛港口的幾天裡，他們環繞著港灣，沐浴在藍天白雲的好天氣裡，他們也到過懷特島參觀最為有名的風景保留區，那是著名的英國茅草屋的原始保存地，那些茅草屋已經有了幾百年的歷史，但是，仍保存和保護得很美好，其風貌像當年所建立的一樣。隨著天氣漸漸的暖和，莉芬一家人也不能在多佛港口停留太久，他們縱使很喜歡此地，但是為了小燕子們的學校開學在即，他們必須依原來的計畫前進與飛行，於是，他們依依不捨地與海鷗朋友們分離，而向著英倫島的北方飛行。

經過幾天的飛行，他們越過了英國倫敦的神河泰唔士河——他們看見了位在泰唔士河河岸的高聳的大笨鐘，以及宏偉建築的國會大樓，他們也見到英國

女皇的宮廷府邸白金漢宮的美麗，他們從空中可以俯望位於城市中心的麗晶公園，以及市區內的倫敦動物園，他們所看見的是一群像螞蟻似的走動人潮，由於時間的緊促，燕子們沒有飛下來休息，他們仍然繼續飛行，飛越過倫敦大都會的熱鬧區，但是，由於長途的飛行，體力上總不能負荷得太久，他們仍需要飛下來稍微休息，於是他們飛到倫敦西南端的魁花園停留片刻，旋即繼續飛行，而朝著英國東北部前進了。

燕子莉芬，家人和親戚們，對於自己身為一隻候鳥而必須過的遷徙生活都已習慣，行程裡，必須經過倫敦著名的大學城，以及環繞著大學城的一條著名的河流康河，一路上，為了深怕過於疲倦，他們都必須作片刻的停留，於是到了劍橋，他們旋即飛了下來，他們一夥就在劍橋大學城裡，找到了一棟著名的建築物，名為三一學府的大教堂，他們飛下來休息一天，莉芬藉此可以為自己的子女們一一地介紹英國最為著名的科學家牛頓，當年這一位著名的科學家，躺在

蘋果樹下，發現地心引力的故事，劍橋大學城裡旁的河流叫作康河，小燕帶著子女來到康河，述說著中國的著名詩人徐志摩的故事，這位著名詩人，曾經做了一首著名的詩歌「再見康橋」，以及徐志摩的戀愛故事。這些故事對於長輩來說是家喻戶曉的故事，然而對於這一些文學上的老前輩，年輕人就比較陌生了，因此年輕一輩的子弟們，就需要接受文學教育，所以教育就是負起文化傳衍的責任和對於年輕學子們的薰陶。

傑克小屋

莉芬一家人真的已經回到了傑克小屋，小屋裡充滿了歡欣，雷恩山莊的主人約翰伯伯，已經將屋宇整理得乾乾淨淨，一切佈置也非常的妥當，由於回到家的時間已經是很晚了，所以莉芬一家人就暫時擠在兩間小屋裡，莉芬的爸爸

媽媽說：「莉芬，請不要急，我們可以稍待幾天，等一切安定就緒後，再建小孩子們的屋子吧！」於是一家人很快地更衣就寢了。

早上起來，太陽已經高高地掛在枝頭上，莉芬為了讓小孩子們，對於環境能夠很快認識和適應，於是她帶著小鳥們到附近的農場和小山丘作了一一的介紹，莉芬講述著山頭以及住在附近的鄰居朋友的名字，他們來到雷恩山莊，拜訪了主人約翰伯伯，感謝他們的關懷以及對於傑克小屋的照顧，他們也飛到農場，拜訪坐鎮在偌大農場裡的摩登稻草人貝克爺爺，爺爺看見莉芬回來，萬分高興的搖著手歡迎著，莉芬的孩子們，更是好奇地在貝克爺爺的身上跳躍和抓癢，貝克爺爺被小小燕子們，哄弄得全身騷癢，而拼命地搖手擺動，莉芬也阻止了小孩子們的頑皮，並且向爺爺說了道歉。

▲燕子莉芬帶著小燕子們來到了雷恩山莊拜訪，並在附近的榆樹林飛行。

為了孩子們的就學，他們也試著飛行到學校、附近的商店以及郵局和醫院。小小燕子們充滿著好奇和快樂，莉芬知道小鳥們適應環境的能力非常地快，也非常地迅速，她心中是非常地高興而有了無比的欣慰。

芭芭拉山的雷恩溪森林和草原，以及周邊的雷恩山莊、商店以及醫院和學校，真正是一個充滿溫馨和迷人的地方，莉芬一家人很珍惜這一塊感人而又綠油油的稻穀、小麥和五穀生產豐盛的地方。

珍妮的驚喜

莉芬回到了傑克小屋，已經有了月餘，忙忙碌碌的加蓋小孩子們的小屋也蓋好了，由於加蓋了幾間屋子，如今傑克小屋已經不像剛剛回來時候的擁擠，也不顯得窄小，而是一間寬敞又舒適的大屋了。

由於天氣已經漸漸的進入了春末，這是暖和的季節，是拜訪朋友的最好季節，莉芬有了拜訪珍妮一家人的計劃，於是就選了一個天氣較好的日子，莉芬趁著小鳥兒們還在睡覺的時刻，帶著幾條非洲菊所編識的項鍊，高高興興地來到珍妮的家裡，適逢珍妮已經整理好了房間，正準備要沖泡咖啡吃早餐時，她忽然聽到門鈴響的聲音，好像有人在敲著門，於是她立即開門，當她開門時，忽然看見莉芬正帶著微笑的臉龐向她說話：「珍妮，我是莉芬啊！很高興地再看見了你，還認得我嗎？」珍妮驚訝而高興地呆在那兒，此時此刻她真的不知有多麼的快樂，她想不到就在今天，看見了美麗的莉芬安全地回到了家，而實實在在地站在自己家門口，於是她興奮地喊著莉芬的名字，珍妮高興地擁抱著莉芬許久。

珍妮快點兒請莉芬進到房屋裡坐，她興奮地唱著歌，她一面沖著咖啡一面快快地烤著麵包，每片麵包，她都沾上了莉芬最為喜歡的果醬，這一些果醬

是珍妮在去年的秋天裡，親自前往採集長在史翠山上森林裡的野蘋果所作成的果醬。

於是她們坐在客廳裡長談，珍妮關心的問著，莉芬一家人在南非的半年生活，以及遠在南非野生動物們的點點滴滴，莉芬滔滔不絕的提到自己和家人在南非的生活狀況，拜訪南非的野生動物園，轉達倫敦動物們對於遠地朋友的關心，說到倫敦動物園，也讓珍妮關心住在動物園內的熊貓爺爺和熊貓婆婆的生活，更使得莉芬想起要為南非野生動物們轉達口信給熊貓爺爺的使命，莉芬和珍妮於是相約好要在今年的復活節再見面，並且一起去倫敦動物園，拜訪著熊貓爺爺和婆婆，莉芬和珍妮暢談甚歡，由於莉芬趁著她的寶貝們正睡覺的時候，前來珍妮的家，她得趕緊找些小蟲而帶回家裡，供養老父母，於是莉芬說：「珍妮，我不能在此逗留太久，我必須趕緊回家照顧老小，容我改天再度拜訪吧！」

珍妮經過莉芬的解釋後，瞭解莉芬目前的情況，她也不便於強留，體貼而感情頗為豐富的珍妮，走到後院的倉庫裡，尋找去年冬天，自行曬乾而裝在袋子裡一些蘋果乾、葡萄乾和梨乾，好讓莉芬帶回孝敬她的父母，珍妮同時也讓莉芬帶回去一些水果糖和餅乾，以便莉芬的兒女能夠品嘗，她們倆擁抱著說聲再見，莉芬腳兒輕輕地提起，張開了翅膀，就往回家的路飛走了，珍妮期盼而想著：「到了復活節時，我就可以再與莉芬長談，並且也可以一起作了長途的旅行。」珍妮想著想著，於是帶著微笑，開始為孩子們弄著餐點。

拜訪倫敦動物園

春天漸漸地接近了尾聲，如今復活節將要來臨，就在這幾天裡，莉芬看見許多商店，都有五彩繽紛的彩色復活節蛋應市，莉芬與珍妮預約，前往倫敦動

物園拜訪的日子就要來臨，就在動身前的幾天裡，她收到遠住在南非野生動物園裡的朋友的賀卡，賀卡裡特別提到：「我們很關心熊貓一家人，因為在南非的日報以及世界各地的報紙，都有大篇頭條新聞，來報導英國熊貓一家人今年的喜事，那就是在今年的年初，有一隻小熊貓誕生了，我們特別請住在英國的小燕莉芬，快點兒前往倫敦動物園探視，和轉達南非朋友對於熊貓一家人的關心。」

住在倫敦動物園裡的熊貓，是莉芬與家人的最要好的朋友之一，莉芬和珍妮在去年復活節時，也曾經拜訪過熊貓爺爺一家人，時間過得很快，一年又過去了，如今莉芬有了任務在身，也得趕快準備行李再次拜訪倫敦動物園。

莉芬從小跟隨著爸爸和媽媽旅行過很多地方，認識了很多的動物朋友，並且也了解各種動物們的習性和求生的本能，於是她將自己對於動物們所認識以及所見所聞稍作整理陳述，並且編成一本小小的冊子，她希望這一本小冊子會是熊貓們最為喜愛的禮物。

拜訪倫敦動物園，除了可以轉達南非動物朋友們的關心外，莉芬也可以藉此機會，拜訪住在倫敦塔的幾位親戚和朋友。以及今年一起從非洲飛行到英國的新友伴，同時也為年老的父母，轉達他們對於同輩朋友們的關心和請安。莉芬也將藉此機會，拜訪在西班牙遇見的一位英國音樂指揮家朋友楊威廉的一家人，她希望也能為珍妮介紹認識，她可以想像得到珍妮一定會很高興的，因為珍妮天生有好嗓子，又愛唱歌，是富有音樂天份的鳥類。

為了此次的旅行，莉芬和珍妮相處討論，她們有一致的理念，認為飛往倫敦是一趟長途的旅行，加上需要帶著嫩竹葉及其他小東西，這一趟旅行倘若攜兒帶女前往，會帶來很多的不方便，基於這一些理由，莉芬和珍妮都同意結伴，但是不帶著自己的兒女一起飛行。於是珍妮將兒女帶到莉芬的家裡，也請小燕父母代為照顧。莉芬與珍妮分別分擔行李，準備好的行李除了換洗用具外，熊貓喜愛吃的嫩竹心，莉芬媽媽使用稻草邊織的草帽，莉芬編寫的一本小冊子「動物的本性和求生的技能」，還有一些禮物，都分別裝進袋子裡。於是她們倆依依話別自己的兒女，就背上了行李，在晴朗的天空中，依著地圖而前往倫敦的方向飛行了。

倫敦麗晶公園

莉芬和珍妮經過幾天的飛行，終於在復活節的前一天晚上到達了倫敦，莉芬和珍妮首先拜訪住在高級屋宇的燕鳥朋友美美及崴蒂，美美及崴蒂看見老朋友的拜訪，萬分高興而跳躍，莉芬和珍妮雖然感到非常的疲倦，但是看見了老朋友後，她們身上的一切疲勞都煙消雲散了，美美及崴蒂準備了豐富的晚餐，大家彼此經過嘰嘰喳喳的寒喧後，莉芬和珍妮當晚就在美美及崴蒂的家裡過夜，美麗而舒適的臥房，使得她們有了好的睡眠，也恢復了長途飛行的疲倦。

莉芬和珍妮黎明早起，灰灰帶點兒霧氣的大地，只見天空上微微地點綴著粉紅色的魚鱗，那是太陽公公的微笑，莉芬和珍妮就與美美及崴蒂先到麗晶公園內的夏樂蒂玫瑰園玩玩，她們看見很多喜歡黎明早起運動的人們，有的作早操，有的跑步，有的打球，她們甚至於還看見有幾位像是華人的面孔，他們正在教導英國人練劍操和中國功夫，珍妮和莉芬被這五花八門的功夫給吸引而看得發呆愣住，而且躍躍欲試，她們因這位熱心的華人而頗受感動，華人向來是熱心而富有愛心的民族，他們的國寶傳統的運動就是中國功夫，這是世界的人們所公認，對於健康很有幫助的運動。莉芬和珍妮在小學讀書時，曾經聽歷史課的老師，介紹過中華固有的傳統和文化，她們倆都很喜歡華人，因為華人頗富愛心、耐心和熱心。

喜愛唱歌的珍妮，向來都喜歡在一清早的新鮮空氣裡唱歌，如今來到這個著名的大公園裡，到處是高壯挺拔的樹，和開著美麗而芬芳花兒的玫瑰，於

是她很快地飛上了一棵橡樹的頂尖，在枝頭稍為隱密處，開始展現著美麗的歌喉，而唱起甜美怡人的歌來，小燕子們雖然不會唱很好聽的歌，但是她們的飛翔技術是高人一等的，莉芬的飛翔姿勢更是美麗無比，於是珍妮在高高的橡樹上施展歌喉，而小燕子莉芬和朋友們則在麗晶公園四周圍的天空上自由自在地翱翔，她們相聚在一起唱歌和飛翔，感到非常的快樂，麗晶公園到處有綠油油的樹，是一個充滿著美麗和令人快樂歡欣的地方。

莉芬和珍妮這一次拜訪倫敦並不是在星期假日，所以她們可以看見倫敦的市中心，每天，早上馬路就塞滿了汽車和人潮的擁擠現象，許多上班族群，都提著皮包匆匆忙忙地趕著去上班，所以她們可以真正地了解，倫敦真是一個熱鬧而喧嘩的城市。

天氣非常的晴朗，太陽高高地在藍色的天空裡，白雲伴著太陽，飛躍著，陽光閃爍的照耀了整個大地，公園裡的玫瑰園，開放著各種美麗顏色的花，到處佈滿了花香。她們一起來到公園裡的小湖邊，看見清澈的小湖裡，有許多鴨

▲燕子莉芬與金絲雀珍妮是好朋友，時常一起飛行一起聊天，有說有笑，快樂極了。

子、塘鵝、鴛鴦、海鷗以及天鵝，自由自在地在湖裡悠游，整個麗晶公園是充滿著活潑而生氣盎然。

莉芬和珍妮，這一天的行程是：上午在公園的廣場上聽音樂會，下午則拜訪動物園。她們就在麗晶公園的草地上席地而坐，欣賞著露天音樂演奏會，這一場音樂會非常的特別，那是由英國著名的音樂指揮家楊威廉，所指揮的一場貝多芬第五交響樂，並且也由英國著名的聲樂家凱莉唱出著名的歌劇，托斯卡內的「向我們的主耶穌懇求寬訴」的著名歌曲，莉芬很了解珍妮除了陪伴她來倫敦外，她也希望藉此機會能認識更多的音樂家朋友，到了下午整個時間，就要到倫敦的動物園，拜訪熊貓爺爺陶德和熊貓奶奶瑞琪一家人，以及祝福剛剛出生的小熊貓蘭蘭。

兩個小時的音樂會結束後，莉芬和珍妮親自來到指揮家楊威廉的音樂台上，與威廉見面，莉芬向威廉讚美這一次音樂會演奏的成功，也介紹珍妮與威廉認

識，珍妮除了自我介紹外，還說出自己對於音樂的喜歡，更希望有機會能與樂團合作表演，威廉也希望有機會能為珍妮效勞譜曲，於是他們愉快寒喧著，莉芬除了向威廉祝福外，也遞給他一封問候楊夫人和他們的女兒梅梅小姐的信函，這一封信函是放在一個玫瑰顏色的信封裡，這一封信寫著莉芬的祝福與頗富感情的話語。

莉芬遞給楊威廉一封信後，她和珍妮就與指揮家楊威廉先生說聲再見，就匆匆忙忙地趕著飛到倫敦動物園。

梅梅的興奮

威廉回到家後，除了向夫人報告這天遇見小燕子莉芬的消息外，並且將小燕子寫給夫人及梅梅的信函交給了夫人，夫人立即打開了信函，與梅梅一起閱讀分享著，莉芬的這一封信是充滿著溫馨和感人，信的內容是如此地寫著：

親愛的楊夫人和小梅梅：

你們好！

我是小燕子莉芬，託威廉先生與夫人的福，我們一家人回英後一切平安，由於我本次飛來倫敦之旅，時間上太匆忙，未能親自拜訪你們，我就以此封信表達我對於夫人您和小姐的想念，並祈福夫人和小姐一切都順利平安，梅梅小姐的學校學習都很好吧！莉芬等一家人都甚為想念你們。

我和我的朋友金絲雀珍妮小姐現在就在倫敦，我們都非常的高興有了如此好的機會，來到麗晶公園欣賞一場音樂會，那是由威廉先生所指揮的貝多芬第五交響樂曲，以及歌劇托斯卡內的向主禱告詞，由於此次來倫敦旅行，時間上很短，也太匆忙，所以不能親自前往府上拜訪問候，敬請原諒，待下次有機會時，必定前往問安。

我希望你們有機會來北威爾斯遊玩時，能順道前來我家拜訪。在此我衷心的祝福你們一家人身體健康快樂平安，並祝福楊小梅梅的功課好和更加美麗。敬祝

闔家平安

萬事如意

你的朋友　小燕子莉芬 敬上

二〇〇七年三月七日

楊夫人和楊小姐接到了這一封信，她們感到非常的快樂和興奮。威廉也甚為高興能與莉芬見面，同時也能認識了一位有婉轉歌聲而很會唱歌的金絲雀珍妮小姐，梅梅小姐讀完麗芬的信後，感到非常地高興，她立即提起畫筆畫了個圖畫，想像著珍妮唱歌的模樣，於是，她也寫了一封回信給了小燕子莉芬，希望她與珍妮旅途愉快，並且祝福她們一家人快樂平安。

由於威廉一家人都喜歡旅行和攀登高山，他們也希望有一天能親自攀登芭芭拉山的雷恩溪森林，並且也到雷恩山莊拜訪小燕子莉芬和珍妮兩家人。

倫敦動物園

莉芬遞給威廉一封信，她和珍妮向威廉說聲再見後，就匆匆忙忙地趕到倫敦動物園，她們遠遠看見動物園周圍是充滿著歡天喜慶，動物園的門口擠滿了人潮，她們快點兒加速了腳步來到倫敦的動物園門口，排了隊伍買了票後，就依序的進入了園裡。由於園內非常熱鬧和擁擠，她們不能一一循序的拜訪各種動物，於是莉芬珍妮加緊了腳步，提起腳兒先飛到熊貓家族的園裡。

莉芬與珍妮被一群圍觀在熊貓家族園外的人潮給嚇呆了，圍著睜看著熊貓家族的孩子們有秩序地圍成圈，看著小小可愛的熊貓依偎在美麗媽媽的身旁，這是多麼溫馨而使觀眾們感動的畫面，很多人都拿著照相機拍照，莉芬和珍妮真的被這一情景給感動得叫了幾聲，莉芬看見熊貓爺爺陶德和熊貓奶奶瑞琪，這兩隻熊貓就在小竹林旁的一片榆樹林裡，他們夫妻倆今天看起來是多麼地快樂，熊貓爺爺陶德手裡拿著一枝竹子在啃著，熊貓奶奶瑞琪則坐在他身旁，嘴兒帶著微笑地談論著，熊貓爺爺陶德正好看見了小燕子的來到，他高興地站了起來，拉著太太瑞琪，張開了手臂歡迎著莉芬和珍妮，他們倆高高興興地拉著手圍住了莉芬和珍妮，大聲地說：「我們歡迎著莉芬和珍妮，請珍妮唱起歌兒來慶祝我們的小熊貓蘭蘭的誕生吧！」

於是珍妮樂此忘彼的張開了嘴巴，唱起稻草人傑克曾經教過她的歌，這是一首有名的歌，歌名就是：

「美麗的倫敦動物園」

珍妮唱著：

動物園真寬敞　有各種各樣的朋友

勇猛的母老虎　長長鼻子的大灰象

高高的長頸鹿　愛吃香蕉的小猴子
黑白相間斑馬　森林國王的大獅子

動物園真美麗　茁壯挺拔的國王樹
樹上許多小鳥　陽光閃爍在藍天空

小熊貓真漂亮　圓圓滾滾黑白身材
在地上翻跟斗　滑動得像個小皮球
小熊貓真可愛　走起路來搖搖擺擺
黑框框大眼睛　帶著墨鏡看著星星

小熊貓暱人愛　偎在爺爺奶奶身旁
不吃餅乾和糖　喜愛爸爸的竹片棒

珍妮唱完了歌，與莉芬就坐在熊貓爺爺陶德與熊貓奶奶的身旁，她們異口同聲地向著爺爺奶奶恭喜，莉芬和珍妮說著：「恭喜爺爺與奶奶有了美麗新的一代誕生，我們很慶幸地都能來參加動物園以及倫敦的市民為你們所做的慶生會。」莉芬又接著說著：「今天我除了來參加小熊貓的生日宴會外，我更代表住在南非野生動物園裡的動物們，轉達他們對於你們的關心，以及對於你們有了這麼大的喜訊的祝福，並且我也帶來了一本小冊子，那是我觀察動物朋友們，天生自有的本能和解決日常生活的習性，我為他們的本能和習性而寫成的一本小冊子，這一本小冊子就命名為：「動物的本性和求生的技能」，希望這一本小冊子，也能幫助爺爺與奶奶對於難題有所解釋和解決。於是，小燕子從口袋裡拿出了一份野生動物們合作寫的一封信，及這一本小燕子的精心傑作，遞交給了熊貓爺爺陶德與熊貓奶奶瑞琪。

熊貓爺爺陶德與熊貓奶奶瑞琪頻頻的微笑和連續地點頭感謝，熊貓爺

爺陶德向莉芬和珍妮說著：「我們很歡迎你們來倫敦動物園，參加這一個別開生面的宴會，並且也很高興，南非野生動物園裡的動物們，對於我們一家人的關心，真是謝謝，我們熊貓家族都很珍惜這一份感情，敬請代我轉達感謝之忱，並且也歡迎你們再次來倫敦動物園玩，更歡迎你們再來看我們一家人。」熊貓爺爺陶德接著又說著：「由於這幾個月來園內非常地熱鬧和忙碌，我必須過些時候才能研讀這一份小冊子，和回給非洲朋友的信，敬請小燕子能代為擔當及轉達，那將會是一件感激又開心又快樂的事兒。」熊貓爺爺高興而滔滔不絕地說著。

在動物園裡，喜歡看熊貓的人，越來越多，她們看見美麗的小熊貓高興地歡呼著，由於園裡非常的熱鬧和活躍，到處聽到吵鬧和歡呼聲，熊貓是世界級的中國國寶，小熊貓的誕生，更是受到了歡迎和保護，他長得胖胖圓圓又滾滾，真像一個黑白相間的球，很是可愛，他的尾巴很短，毛很光滑而顏色又非

常地特別，四肢和肩膀是黑色的，身子和頭部是白色，眼睛大大的，還有兩個明顯而圓圓的黑眼圈，和一對黑耳朵。小蘭蘭的雙眼，充滿著好奇心而朝著觀眾看，他和人一樣喜歡依偎在媽媽的懷裡，接受媽媽的愛撫，但是他會和爺爺奶奶一樣，最喜歡的食物仍是竹葉、竹筍，他更會被保護得無微不至，這是人類為了保護愈來愈少的熊貓，所能盡的最大努力。莉芬和珍妮有了共識，那就是：「熊貓家族們不能像我們鳥類，這樣自由自在地到處飛翔遨遊。」由於園外圍著太多人的參觀，參觀者的喧嚷和歡笑聲，雖然帶來了熱鬧，卻使得熊貓家族成員頗不能寧靜，為了不使熊貓爺爺和熊貓奶奶等一家人受到太多的干擾和疲倦，於是莉芬和珍妮異口同聲地，對著熊貓爺爺陶德和熊貓奶奶瑞琪說著：「爺爺和奶奶，很高興地看見你們一家人的平安和幸福，我們會祈福神保佑，你們身體健康和永遠快樂幸福，並且也會為你們轉達對於非洲動物們的關心，現在我們就要離開倫敦了，我們就在此告別，祝福你們一切順利平安。」莉芬和

▲熊貓小蘭蘭拿起竹枝，充滿著好奇心地四面張望。

珍妮依依不捨地，與小熊貓蘭蘭，和熊貓爺爺陶德與奶奶瑞琪等家族成員，說聲再見，旋即，提起了腳趾展開了翅膀，飛躍而起地飛向倫敦動物園的上空。

起飛後的莉芬和珍妮，仍在動物園的空中上盤旋片刻，她們就在熊貓住的小竹林旁的一片榆樹林裡，稍待休息片刻，今天，她們真正地看見熊貓爺爺陶德和熊貓奶奶瑞琪，以及他們的孫子小熊貓蘭蘭等一家人溫馨的在一塊兒，祖孫三代同堂，有了溫馨美滿的家庭，看見熊貓一家人，融洽地在一起有了快樂微笑，莉芬和珍妮她們倆，感到了無比的欣慰而異口同聲的說：「我們也已經轉達動物們的心聲，給了熊貓爺爺一家人，我們也分享了他們一家人的快樂，我們也盡到了責任撫慰熊貓們，我們可以很快樂而安全地飛回去了。」一於是莉芬和珍妮很快樂地飛躍而起，慢慢地在空中飛翔，她們也依計畫前往拜訪其他親戚們，然後這一趟倫敦之行就成功而圓滿地結束了。

野生動物們的信息

倫敦動物園經過幾個月的慶祝歡樂，熊貓園林也進入了安靜和溫馨，小熊貓也在爸爸媽媽的撫愛下慢慢地長大。熊貓爺爺陶德和熊貓瑞琪也有了快樂的家庭生活，他們不再傷心和難過，他們有了孫子小熊貓蘭蘭的陪伴，熊貓爺爺陶德和熊貓奶奶瑞琪也時常和小蘭蘭逗趣說笑和聊天，他們每天感覺日子過得多麼快樂也多麼平安。

日子過得真快，轉眼間小熊貓也半歲了，熊貓爺爺的家庭確實地也過著安定又快樂的日子，熊貓爺爺天天很早就起床，看見有微微的風吹著很是涼快，麗晶公園周邊的樹木都漸漸地轉入了泛黃，秋天即將來臨，熊貓爺爺陶德他意識到，天氣已經漸漸地轉涼，該是小燕子莉芬一家人又要飛回非洲大陸的時刻了，此時他才想起了莉芬為非洲朋友轉達給他的祝賀信，他尚未閱讀，他除了

必須取出信函，快點兒仔細的閱讀外，也必須寫一封回敬的信才對，並請莉芬再次為他們服務，於是他趕快地從屋裡取出來了信紙而仔細地閱讀，這一封信的內容就是這樣地寫著：

親愛的熊貓陶德爺爺和熊貓奶奶瑞琪：

你們好，謝謝你的口信和關心。

我們是來自非洲的一群野生動物們，我們有了一隻可愛的鳥朋友，那就是小燕子莉芬小姐，她是我們非洲國家動物園的小天使，我們大家都喜歡她，我們也知道她也是你們英國倫敦動物園裡的小公主，她為我們做了很多好事，她將會代我們轉達我們對於你們的關心和感謝，也會代表我們轉達了我們對於你們一家人的恭喜，如今你們有了小孫子，我們真高興來分享你們的快樂和溫馨，我們也集體來為你們祈福，也祝福你們一家人順利平安。

你們請小燕莉芬小姐轉達你們對於我們的關心和祝福，我們真是感謝，另外，對於你們詢問有關的問題：「如何擁有自己的本能而能永續永生地活

在這個世界上？」小燕子也依我們的本能和習性，寫出了一本小冊子，小燕子對於我們的本能和習性也非常地了解，我們因此也授權給她為我們謄寫，她真是一隻聰明而又熱心誠懇的鳥兒，她清楚地了解不同動物們的本性能力，使用暢達的語言，來表達動物們活在這一個花花世界，裡所應有的責任和義務。但願這一本小冊子裡的解說和回答，能帶給你智慧和信心，而對於解除你們的煩惱、難過也有所助益，希望幫助你們了解，而不再陷入了傷心的情懷，而能使你們由悲觀而轉為樂觀的生活，並且也能為你每日的生活，帶來快樂微笑和平安。

我們很虔誠地歡迎你們能來非洲地區觀光和拜訪。敬祝

萬事如意

闔家平安

非洲動物園俱樂部　全體動物們敬上

二〇〇七年一月三日

熊貓陶德爺爺和熊貓瑞琪奶奶看完信後，他們心中備受感動，他們感謝小燕子莉芬的愛心和用心，他們也非常感激非洲動物園的動物們對於他們一家人的關心和祈福，熊貓陶德爺爺閉上了眼睛，靜靜地沉思一會兒，他感恩主憐憫而賦予他們的福祉。

熊貓陶德爺爺平心靜氣的，將小燕子所寫的小冊子名為「動物的本性和求生的技能」，從頭至尾仔細的閱讀。

動物們的本性和求生技能

大象——陸上最大的動物

大象是陸地上最大的動物，牠們的身體健壯厚實，皮膚上有很多皺摺，頭上長著一條靈活管用的長鼻子，頭兩側有像扇子似的耳朵，嘴角還有兩隻潔白

如玉的象牙，四條腿能支撐起沉重的身體，象的個性喜歡集體生活，一般一群象約有二十頭左右，由有經驗的的成年母象擔任家族中的首領。

大象的鼻子是一條由肌肉組成的長管子，其嗅覺非常的靈敏，當牠來回擺動鼻子時，就能聞出食物的味道，也能發現敵情，那就是牠的鼻子可以聞出陌生的氣味，在長鼻子的最尖端有一塊小突起，這一塊小突起就像一隻小指頭一樣，大象就是使用牠靈巧的象牙摘取樹上的樹葉果實，長鼻子還是大象的工具，牠可以使用它把喜愛的食物捲起送到口中，也可以使用它吸取水噴到背後舒服地洗個澡，同時更為重要的是，牠可以使用長鼻子作為攻擊敵人的武器，牠也可以使用這一隻長鼻子搬動重物，牠甚至將敵人捲起來拋到九霄雲外。

大象是充滿感情的動物，在一個大家族中牠們總是互相幫忙，每天象群都在不斷的移動而尋找食物，這時總是由首領走在最為前邊帶路，小象就走在中

間受到大家的保護，當有同伴受傷時，大家就在牠的背上輕輕的撫摸，如果牠不能行走時，大家也會用著象鼻幫著牠，推著牠前進。

大象是很聰明的動物，因此人們會訓練牠來表演各種的雜耍，牠都能表演得十分出色，我們也時常在電視銀幕上看見大象帶領著冒險的自然學家們深入森林裡探測這宇宙的秘密，大象接受訓練，不怕危險，不怕辛苦。大象是人們喜歡的野生動物。

老虎——百獸之王

老虎和獅子都是非常兇猛的動物，都有百獸之王的美譽，但是老虎和獅子哪個才是真正的百獸之王呢？依據動物學家們對於老虎和獅子的習性進行了觀察和分析，倘若獅子老虎一起較量時，老虎可能要比獅子更兇，因為老虎在耐力和靈敏性上都稍勝過於獅子，在捕食方面，獅子在方法、智力、技巧等方面

也贏不過老虎，不夠從生態學的觀點上，獅子要比老虎強大，因為老虎是孤獨的捕獵手，而獅子則喜歡結群，常常是一家族或是幾個家族共同生活，在獵取時則合作無間，所以一群獅子來對付一隻老虎，老虎自然不是對手。

老虎屬於貓科的動物，喜歡生活在靠近有水的地方，牠是一隻非常兇猛的動物，牠所捕食的對象大到豬、鹿、牛、羊、斑馬，小至山雞、野兔都是這一位獸王的美味食物。白天，老虎通常都躲在岩洞草叢裡睡覺，等到夜間才出來覓食，一旦遇到美味牠就會猛撲上去，用那像鋼一樣銳利的牙齒，和鐵勾似的爪子，把獵物扯得皮開肉綻，老虎的疑心很重，行動非常的詭異、謹慎和小心，牠也非常敏捷，如果發現自己走過的山路，有了異樣，便提高了警惕，或是另避道路行走，生怕被獵人追蹤。

老虎性情孤僻多疑，不喜歡過群居生活，牠們各有各的地盤，總是獨來獨往，倘若有一隻老虎侵入其他老虎的領地，牠們就會互相決鬥，老虎的這一種

孤僻性格也是由於生存的需要，因為幾隻老虎在一起，就會因為獵物的短缺而挨餓。老虎雖然兇猛，但是平常不會隨便傷人，而且有些小老虎還會怕人，實際上吃人的老虎都是極少的，至於為什麼會有吃人或是傷人的老虎發生呢？那都是因為由於食物的短缺，或是因為人的補殺而為了自衛才引起的。

有關老虎的故事有很多，這裡有一則〈狐假虎威〉的故事：

有一天，有一隻住在山洞裡的老虎，正餓得發慌，忽然遇到了一隻狐狸，老虎的心裡非常地高興，牠心想：「這是一隻自投羅網的動物狐 。」牠感到非常地興奮，正準備著要吃著牠，狡猾的狐狸眼睛一轉，對著老虎說：「虎大哥，你真的不愧為森林之王，我非常地崇拜你，然，今後我們倆就成為一家人了，因為天帝已經發出命令我做為獸類的長官，所以你不能吃我。」老虎一聽覺得不對，於是牠冷冷地說：「這是不可能，看你的樣子又瘦又小，怎麼能做為百獸的長官呢？」狐狸心理可真害怕，可是牠卻巧顏令色地說著：「這是天

帝的安排，不過我一直都非常地尊敬著你，而且一直把你當大哥看待，以後還要請你多多幫助小弟啊！」

老虎對於狐狸的話半信半疑，狐狸看出老虎的心思，於是接著說：「你若是不信，那麼你就跟著我身後，我們倆就到山林中轉一圈，你會看到大大小小的野獸見到了我，就會尊敬地走開，因為牠們知道我是獸類的長官。」

於是狐狸和老虎就走近了森林裡，狐狸在前，老虎在後，狐狸趾高氣昂地走在前邊，老虎則怒目圓瞪地跟在後邊。

森林裡的小動物們，一看見狐狸身後的老虎，大家都魂飛魄散，紛紛地逃命。

老虎牠並不知道這是由於動物們害怕的是牠自己，還以為大家都害怕狐狸，牠於是說著：「狐狸先生你說得不錯，原來你真是獸類的長官。」於是釋放了狐狸，狐狸因為使用了自己的智慧而贏得了生命。

從這小小故事裡得知，無論動物或是人類，光是靠強壯的身體，而不使用腦筋，當面臨戰鬥時也未必會是贏家。

長頸鹿——個子最高

長頸鹿是世界上最高的動物，牠的身高可以達到五米左右，牠個子高脖子長，看起來似乎是很笨拙，其實一點也不蠢，走起路來也非常地輕盈高雅，牠生活在非洲植物稀有的草原上，喜歡過著群居的生活。

由於長頸鹿的頭高，可以把嫩葉捲起來而送到口中，此外長頸鹿的皮膚非常地厚，那些兇猛的動物如豹、虎、鱷魚等，都沒有辦法撕裂那一層厚厚的皮膚，因此對於牠都不感興趣，只有獅子在飢餓的時候才會對於長頸鹿發動進攻。長頸鹿的膽子非常地小，在進食或是喝水時，總是警惕地四處張望，牠那微突的大眼睛很靈敏，因此視野非常地廣闊，一旦發現敵人，牠就會立刻逃

跑。長頸鹿的性情非常地溫柔，很少發生爭鬥，當牠們需要戰鬥時，會用長脖子互相拍打對方，發出「碰碰」的聲響。

長頸鹿的身體高大，視野長又廣闊，皮膚又厚實，但是牠也有屬於自己感到頭痛的問題，那就是當牠喝水時，牠必須把頭從高處低下來，實在不是一件容易的事情，所以每次喝水，牠必須要把兩腿撐開成八字型，而慢慢地降低高度，再用長的舌頭舔水，過了幾分鐘再迅速地揚起頭來，再低下頭來，重複作剛才的動作，由於自然身體的結構，使得牠在喝水的過程非常的困難，又容易遇到敵人的襲擊而遭遇了危險，因為獅子往往會利用這個時候向牠攻擊，長頸鹿為了避免危險，牠於是很少喝水，牠靠吃大量含有水分的嫩葉來彌補飲水的不足。

長頸鹿雖然溫馴，但是遇到敵人的侵犯，牠並不會坐以待斃，而是會奮力的反抗，長頸鹿的武器就是利用那鐵鎚般的蹄子，當遇到獅子的攻擊時，長頸

鹿會使用牠那力大無比的蹄子狠狠地猛踢著敵人，牠只要提一隻腳就能踢碎獅子的腦袋，因此獅子不敢攻擊成年的長頸鹿。

由於長頸路知道自己的優點和缺點，而小心的保護著自己。

斑馬——身披美麗條紋的衣服

斑馬是哺乳動物的偶蹄類，和馬是親戚，但是牠比馬稍微小，牠們全身都有黑白相間的條紋，牠們生活在非洲稀有植物的大草原裡，以家族單位的群居生活，為了尋找鮮美的食物，必須不斷的遷移，一批體格健壯的雄斑馬，是斑馬家族的族長，這一個家族的成員包括雌斑馬和小斑馬，雄性斑馬長大後就會離開家族而去建立自己的家庭。

斑馬及其後代族長斑馬有件黑白條紋的外衣，這一件外衣並不是為了好看，而是一種警戒色，當一群斑馬，在奔跑時牠們身上的條紋會使人眼花撩

亂，敵人不容易判決到底要捕食哪一隻，從而就亂了視線，又吸血的昆蟲會被斑馬的條紋分散注意力，使得斑馬免受到了蚊蟲的叮咬。

斑馬與長頸鹿喜歡生活在一起，因為斑馬的視力不太好，因此牠們喜歡與高大的長頸鹿生活，長頸鹿是個活的瞭望台，牠的眼睛靈敏，能看到的視野又寬又遠，可以及時發現敵人的攻擊，通知牠們及時躲避。當遇到危險又來不及躲避時，牠們會圍成一圈，屁股朝外，把小斑馬圍在圈裡，用那強勁的後蹄猛踢敵人。與其他草食性動物群居，小斑馬在出生一個小時內就必須學會能站立，奔跑，否則命就會在肉食動物的嘴裡了。

斑馬每天都要喝很多的水，牠們很聰明，即使地表沒有水，也能用蹄子刨洞而找到了水源，有時甚至於還能刨出一口井來，牠們真是個找水的高手。斑馬和長頸鹿彼此和平相處，互相幫助，真是很好的合作友伴。

牛——備受尊敬又任勞任怨

牛是一種最能任勞任怨的動物，牛總是默默地耕耘，為人們奉獻，牛對於人類的貢獻可就大了，牠可以為人類耕作農田，可以當交通工具，做成牛肉，牛奶和各種牛奶製品供人類食用，牛身上的皮可以做成各種皮製品，更是最為受歡迎的皮衣、皮鞋的材料，甚至於牛糞也都可以當做很好的燃料。印度人們仍然使用曬乾的牛糞作為燃料，點燃牛糞煙薰蚊蟲。牛是一種哺乳動物，牠可以分為家牛和野牛，野牛又可以分為歐洲野牛，非洲野牛，亞洲野牛等。

家牛是古時候人類將野牛逐漸馴養而成的家畜，我們平常比較熟悉的黃牛、水牛、奶牛都屬於家牛，家牛的品種很多，按照用途來說，牠們可分為乳用牛，食肉與供乳兼用，以及食肉與勞役兼用的品種。

反芻動物

我們時常看見牛在嚼食，並不是牛好吃和喜歡吃，而是因為牛有四個胃，每當吃飯時，牠就大口大口地先將草料吞進肚子裡，並沒有嚼爛食物就吞到肚子裡，藏在一個胃裡，等到一有空閒時，牠又會把胃裡的食物又吐回到嘴裡，用唾液再混合這些食物，細細地嚼食，才又把這些嚼食過的食物送到另一個胃室裡，像牛這樣消化食物的動物還有羊、牛、鹿、駱駝、猴子等等，牠們都被稱為反芻動物。

牛與人類是非常地親近，世界各地還有專為牛所做的特別習俗，例如中國古代有立春打春牛的習俗，西班牙有鬥牛比賽的習俗，牛更是備受人類的尊敬。

印度是世界上最大的牛國，平均每三個人就有一頭牛，在印度，牛不僅是可愛而是備受人尊敬的，印度教徒把牛看作神牛、聖牛，牠們愛牛拜牛敬牛因此絕對不吃牛肉，不穿牛皮鞋，不用牛皮包，牛皮箱。

在印度，牛備受尊敬，牠們可以自由自在的漫步在街道上，車輛要給牠們讓路，在市場上，牠可以隨便在市場裡進食，主人要跪在牛面前雙手捧著食物慢慢的給牠吃，當牛衰老時，就被送到聖牛養老院去供奉，印度每年都要準備一年一次的敬牛活動，印度人的嫁娶聯親也看對方家裡有幾頭牛而論品富裕和貧窮，印度人民的領袖甘地，曾經說過對待乳牛要像對待母親一樣，有人說印度的地圖就像是一滴牛奶，可見牛在人們的心中的地位是多麼地崇高。

高原之舟

在寒冷的青康藏高原上，生活著身體笨重粗重的犛牛，牠身上有長毛，幾乎可以垂到地面，高寒氣候的高地，天氣時常惡劣而嚴寒，但犛牛一點都不害怕，甚至於還俯臥在冰雪上睡覺，犛牛是一種分布在高原上的動物，牠們是高

原地區的人們將野牛馴化後的一種牛，牠們能為居住在高原地區的人類載著厚重的行李和作為交通工具，所以被譽為高原之舟。

熊貓爺爺陶德看完小燕子莉芬所寫的這一本小冊子後，他感慨萬千，他的心中是無比的感謝，他感謝小燕子莉芬是一隻多麼懂事的鳥兒，莉芬是如此地有愛心，關心和耐心的鳥兒，動物們深深地愛著她，他深深地了解小燕子真不愧為非洲動物們的小天使。

陶德從各種動物朋友們的本性，自有求生的技能，和他們在野外刻苦努力奮鬥，以及為了生活互相幫助和競爭得激烈，有了深刻的印象，他真正地懂得人類和動物是來自上帝的賦予和創造，人類在自然的環境裡努力的求生，除了生活上的需要外，他們對於動物能多加以保護，尤其對於柔弱的動物，更是無微不至的照顧，他真正地了解什麼叫做愛以及什麼叫做關心。

熊貓爺爺也真正地了解自己自立自強的本領和技巧，已經不像原始的祖先

們的強烈，但是他知道人類，對於他們所作無微不至的愛護，主要關鍵是在於自己的品種，在這地球上已屬於稀有的動物，倘若自己堅持而逃離人群，則自己和家族會因為不適應外界的環境，而生命恐怕就會難保，而熊貓就會消失在這個世界裡，人類因為有了熊貓的美麗和稀有珍貴，因此而贏得人們的快樂和歡心，熊貓自己能使世界人類永保和平，那就是熊貓的本性的優點和求生的技能，也就是熊貓對於上帝的賦予而所做的感恩。

熊貓陶德爺爺很有信心的向熊貓奶奶瑞琪解說著：「親愛的瑞琪，我們長相非常地特別，帶給人類快樂和平安，我們不會離開人群而落難，也不會因此找不到食物而成為難民了，我們永遠是人類最為喜愛的動物。」熊貓爺爺很自信地說著，熊貓奶奶看見陶德爺爺是如此的開心，他的臉頰微紅也露出了微笑的臉龐而說著：「親愛的陶德，那我們得趕快寫一封信，來謝謝莉芬小燕子，她是這麼一隻懂事的小鳥，怪不得我們的朋友都很喜歡她，真的，小燕子真的

實踐了諾言，當起我們動物們的橋樑，替我們傳遞心聲，我們是很感激她的勞苦和用心以及愛心和慈悲關懷。」

於是他們倆充滿了信心又很快樂地坐在一起，寫信給小燕子莉芬，小熊貓蘭蘭，則依偎在熊貓陶德爺爺和奶奶熊貓瑞琪的身旁聽著，看著和學習著，他們真是一個人人喜愛的熊貓家族。

稻草人貝克

國家圖書館出版品預行編目

稻草人貝克 ／ 林奇梅著. -- 一版. -- 臺北市
：秀威資訊科技, 2008.06
面； 公分. --（語言文學類；PG0189）

BOD版
ISBN 978-986-221-036-9（平裝）

859.6 97011381

語言文學類 PG0189

稻草人貝克

作　　者 / 林奇梅
發 行 人 / 宋政坤
執 行 編 輯 / 林世玲
封面及內頁繪圖：林奇梅　繪畫
Cover and Illustration: Chi-Mei Lin
作者照片：李察・翰姆特　攝影
Writer's Photograph: Richard Hammett
圖 文 排 版 / 郭雅雯
封 面 設 計 / 莊芯媚
數 位 轉 譯 / 徐真玉　沈裕閔
圖 書 銷 售 / 林怡君
法 律 顧 問 / 毛國樑　律師
出 版 印 製 / 秀威資訊科技股份有限公司
台北市內湖區瑞光路583巷25號1樓
電話：02-2657-9211　傳真：02-2657-9106
E-mail：service@showwe.com.tw
經　銷　商 / 紅螞蟻圖書有限公司
台北市內湖區舊宗路二段121巷28、32號4樓
電話：02-2795-3656　傳真：02-2795-4100
http://www.e-redant.com

2008 年 6 月　BOD 一版
定價：270 元

讀　者　回　函　卡

感謝您購買本書，為提升服務品質，煩請填寫以下問卷，收到您的寶貴意見後，我們會仔細收藏記錄並回贈紀念品，謝謝！

1.您購買的書名：________________________

2.您從何得知本書的消息？

☐網路書店　☐部落格　☐資料庫搜尋　☐書訊　☐電子報　☐書店

☐平面媒體　☐ 朋友推薦　☐網站推薦　☐其他__________

3.您對本書的評價：(請填代號　1.非常滿意 2.滿意 3.尚可 4.再改進)

封面設計____　版面編排____　內容____　文/譯筆____　價格____

4.讀完書後您覺得：

☐很有收獲　☐有收獲　☐收獲不多　☐沒收獲

5.您會推薦本書給朋友嗎？

☐會　☐不會，為什麼？______________________________

6.其他寶貴的意見：______________________________

____

____

____

讀者基本資料

姓名：__________________　年齡：_____　性別：☐女　☐男

聯絡電話：______________　E-mail：__________________

地址：____

學歷：☐高中(含)以下　☐高中　☐專科學校　☐大學

☐研究所(含)以上　☐其他______________

職業：☐製造業　☐金融業　☐資訊業　☐軍警　☐傳播業　☐自由業

☐服務業　☐公務員　☐教職　☐學生　☐其他__________

請貼
郵票

To：114

台北市內湖區瑞光路583巷25號1樓

秀威資訊科技股份有限公司　　　收

寄件人姓名：

寄件人地址：□□□

(請沿線對摺寄回,謝謝!)

秀威與BOD

BOD（Books On Demand）是數位出版的大趨勢，秀威資訊率先運用POD數位印刷設備來生產書籍，並提供作者全程數位出版服務，致使書籍產銷零庫存，知識傳承不絕版，目前已開闢以下書系：

一、BOD 學術著作—專業論述的閱讀延伸
二、BOD 個人著作—分享生命的心路歷程
三、BOD 旅遊著作—個人深度旅遊文學創作
四、BOD 大陸學者—大陸專業學者學術出版
五、POD 獨家經銷—數位產製的代發行書籍

BOD 秀威網路書店：www.showwe.com.tw
政府出版品網路書店：www.govbooks.com.tw

永不絕版的故事・自己寫・永不休止的音符・自己唱